게 공선

게 공선

양장본 인쇄 2021년 6월 10일
양장본 발행 2021년 6월 18일

지은이_고바야시 다키지
옮긴이_양희진
디자인_이혜원
발행인_김현길
발행처_도서출판 문파랑

등 록_제313-2006-000253호
주 소_서울시 은평구 은평로2길 19(동진B 301호)
전 화_02) 3142-3827
팩 스_02) 6442-0839
E·mail_ aveva@naver.com

값 12,800원

ISBN 978-89-94575-57-5 (03830)

게 공선

도서
출판 문팟랑 _文 波浪

일러두기

원서의 '어부漁夫, 잡부雜夫, 수부水夫, 화부火夫, 급사給士, 선두船頭'는 우리말 어법에 맞게, 또 현대적 의미를 살리는 방향에서 각각 '어업노동자, 잡일꾼, 선원, 보일러공, 잔심부름꾼 소년, 최고참 어업노동자'로 번역했다.

게 공선은 '공장선'으로 '선박'이 아니었다.
그래서 '항해법'이 적용되지 않는다.
게다가 배가 아닌 순수한 '공장'이었다.
하지만 '공장법의 적용'을 받지 않는다.

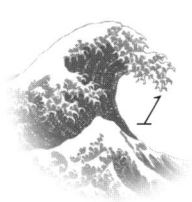

"어이, 지옥으로 가는 거야!"
두 사람은 갑판 난간에 기대어, 달팽이가 한껏 기지개를 켜

듯이 몸을 늘여가며, 바다를 껴안고 있는 하코다테 거리를 바라보고 있었다. 어업노동자는 손가락에까지 닿도록 피운 담배를 침과 함께 내뱉었다. 담배는 재주 부리듯 빙글빙글 몇 번을 돌며, 위쪽 뱃전을 스칠 듯 말 듯 떨어졌다. 그의 몸에선 술냄새가 물씬 풍겼다.

  벌겋게 불룩 튀어나온 아랫배를 마냥 드러낸 기선은 한창 짐이 실리고, 바닷속에서 옷소매를 확 잡아채듯 한쪽으로 심하게 기울어 있었다. 노랗고 커다란 굴뚝, 커다란 방울 같은 부표, 빈대처럼 배와 배 사이를 바쁘게 누비고 다니는 소형 증기선이 보였다. 어수선히 흩날리는 검은 연기는 살풍경스럽고, 빵부스러기와 썩은 과일이 떠 있는 파도는 어떤 기괴한 직물織物 같았다. 바람 부는 대로 연기는 파도 위로 쏠리며, 숨이 턱 막힐 듯한 석탄 냄새를 보냈다. 윈치가 와르르 움직이는 소리는 때때로 파도를 타고 건너와 바로 옆에서 울렸다.

  게 공선 하쓰코호號 앞에서, 페인트가 벗겨진 범선이 뱃머리의 소 콧구멍 같은 곳으로부터 닻을 내렸다. 그 갑판에선 마도로스 파이프를 입에 문 외국인 두 사람이 같은 장소를 몇 번이고 기계인형처럼 왔다 갔다 하는 모습이 보였다. 러시아 배인 듯했

---

*하코다테_ 홋카이도에 있는 도시.

**윈치_ 밧줄이나 쇠사슬로 무거운 물건을 들어 올리거나 내리는 기계.

다. 아마도 일본의 '게 공선'을 감시하는 배 같았다.

"난 이제 한 푼도 없다. 에이 빌어먹을."

하고 말하며 어업노동자는 몸을 이쪽으로 돌렸다. 그리고 다른 한 명의 손을 잡고는 자신의 허리께로 가져가 겉옷 안쪽 골덴바지 주머니에 갖다 댔다. 뭔가 작은 상자 같은 것이 만져졌다.

히히거리던 어업노동자는 '화투'라고 했다.

구명보트가 있는 하쓰코호 갑판에선 '장군' 같은 모습의 선장이 어슬렁거리며 담배를 피우고 있었다. 입에서 뿜어져 나온 연기가 코끝에서 급하게 꺾이며 허공으로 흩어졌다. 밑바닥에다 나무를 박은 신발을 끌며 음식물 양동이를 든 선원이 분주하게, 갑판에서 주로 일을 하는 '아랫것'들의 선실을 드나들고 있었다. 준비는 벌써 다 끝나서 이제 출발하기만 하면 된다.

잡일꾼이 있는 갑판의 승강구를 위쪽에서 들여다보면, 어두침침한 뱃바닥의 선반에는 둥지에서 얼굴을 내밀고 쪽쪽거리는 새들처럼 떠들고 있는 모습이 보였다. 모두 열네다섯 살짜리 소년들이었다.

"넌 어디야?"

"××마을."

다들 같은 곳이었다. 하코다테 빈민굴의 아이들뿐이었다. 이럴 경우 같은 출신이라는 것만으로도 한 동아리를 만들었다.

"저쪽 선반은?"

"남부南部."
"그곳이 어딘데?"
"아키타秋田."
그들은 제각각 선반이 달랐다.
"아키타 어딘데."
고름 같은 콧물을 흘리며, 눈가가 빨갛게 짓무른 아이가 말했다.
"기타아키타北秋田라고 하던데요."
"농사꾼인가?"
"그렇습니다."
공기는 과일 썩는 것처럼 시큼하고 퀴퀴한 냄새가 났고, 게다가 절인 채소를 수십 통이나 보관하는 방이 바로 옆이라 '똥'냄새도 섞여 나는 듯했다.
"다음에 이 아저씨가 데리고 자줄게."
어업노동자는 입심 좋게 떠들며 웃었다.
어두운 한구석에선 작업용 겉옷과 쫄쫄이 바지를 입고 보자기를 세모꼴로 접어서 머리에 뒤집어쓴, 날품팔이처럼 뵈는 어머니가 사과를 깎아 선반에 배를 깔고 엎드려 있는 아이에게 먹이고 있었다. 아이의 먹는 모습을 보면서, 자신은 둥글게 빙글빙글 벗겨낸 사과 껍질을 먹었다. 그 어머니는 뭐라 말하기도 하고, 아이 곁에 놓인 조그만 보따리를 몇 번이고 풀었다가 다시 묶고는 했다. 거기엔 그런 모습을 하고 있는 어머니들이 칠팔 명이나 더 있었다. 배웅 나온 사람이 아무도 없는 내지內地에서 온 아이들은, 이따금씩 그쪽을 힐끔 훔쳐보듯 보고 있었다.

　온통 머리와 몸에 시멘트 가루를 덮어쓴 여자가 캐러멜 갑에서 두 알씩 꺼내어 그 근처 아이들한테 나눠주면서 말했다.

"우리 켄키치健吉랑 사이좋게 일해라. 알았지."

나무뿌리처럼 거칠고 커다란 손이었다.

아이의 코를 풀어주거나, 수건으로 얼굴을 닦아주고, 나직한 목소리로 뭔가 말하는 어머니도 있었다.

"당신 아이는 몸이 좋아 보이네요."

어머니들이었다.

"아, 예."

"우리 애는 몸이 너무 약해요. 어떻게 해야 할지 모르겠네요. 뭣보다도……."

"그거야 어디라도 마찬가지에요."

　어업노동자 두 사람은 갑판 승강구에서 갑판 쪽으로 얼굴을 내밀며 한숨을 내쉬었다. 심기가 불편한지 갑자기 서로 입을 다문 채 잡일꾼들의 구덩이에서, 조금 더 뱃머리 쪽에 있는 사다리 모양의 자신들 '소굴'로 돌아갔다. 닻을 올리거나 내릴 때마다 콘크리트 믹서 속으로 던져진 것처럼 그곳에선 모두가 몸이 튀어 올라 부딪치지 않으면 안 되었다.

조금 어두운 곳에서 어업노동자들은 돼지처럼 빈둥거리고 있었다. 거기에는 돼지우리를 꼭 닮은, 금방이라도 토할 듯한 냄새가 났다.
"구려. 구려."
"그래 맞아. 정말 이렇게 썩는 냄새도 없을 거야."
머리가 붉은 절구통처럼 생긴 어업노동자는 한 되짜리 술병을 잡고 이가 빠진 밥공기에 술을 따라서, 마른 오징어를 질겅질겅 씹어가며 마시고 있었다. 그 옆에는 또 한 사람이 천장을 향해 돌아누워, 사과를 먹으며 표지가 너덜너덜해진 잡지를 보고 있었다.
네 명이 둘러앉아 마시는데, 술이 부족한지 한 사람이 비집고 들어왔다.
"그렇잖아요. 넉 달이나 바다에 있을 텐데, 그거라도 하지 않으면 안 될 듯싶어서……."
다부진 몸을 가진 어업노동자는 이렇게 말하며 아랫입술을 가끔씩 버릇처럼 핥아가며 눈을 가늘게 떴다.
"그래서 지갑이 이래."
어업노동자는 바싹 마른 곶감처럼 딱 달라붙은, 얇은 돈지갑을 눈앞에서 흔들어 보였다.
"그 과부 말이야, 몸은 작은 게 정말 죽였어."
"어이, 그만, 그만."

"예, 예, 아, 거참."
상대는 헤헤거리며 웃었다.
"저것 봐, 대단하지 않아?"
술 취한 시선을 바로 맞은편 선반 밑에 두고 있던 사내가 턱으로 가리켰다.
한 어업노동자가 자기 아내에게 돈을 건네고 있었다.
"저것 좀, 봐."
작은 상자 위에 구겨진 지폐와 은화를 늘어놓고 두 사람은 그것을 세고 있었다. 남자는 작은 수첩에 연필을 핥아가며 뭔가 쓰고 있었다.
"봐라, 봐."
"나도 마누라와 자식이 있다구."
과부 이야기를 했던 어업노동자가 느닷없이 화가 난 듯 말했다.
거기서 조금 떨어진 선반에서 앞머리를 길게 기른 젊은 어업노동자가 숙취로 푸석해진 얼굴로 말을 받았다.
"나도 말이지, 이번엔 절대로 배를 타지 않으려고 했다구." 커다란 목소리였다. "소개소 놈한테 끌려 다니다 빈털터리가 됐어. 다시 한동안 뒈지게 생겼어."
이쪽에 등을 보이며 같은 곳에서 온 듯한 사내는 뭐라 소곤소곤 말하고 있었다.

갑판 승강구에서 커다란 자루를 멘 사내가 계단을 내려왔다. 그는 마룻바닥에 서서 두리번두리번 둘러보다 빈자리를 발견하자 선반으로 올라왔다.

"안녕하슈."

그는 인사를 하며 옆의 남자에게 머리를 숙였다. 얼굴은 뭔가에 찌들은 것처럼 검었다.

"나도 좀 끼워주구려."

나중에 안 사실이지만, 이 사내는 배를 타기 전까지 홋카이도 유바리夕張 탄광에서 칠 년 동안 광부로 있었다. 그런데 일전에 있었던 가스 폭발로 거의 죽을 뻔했다. 전에도 몇 번인가 일어났던 일이었지만, 갑자기 무서워진 광부는 산을 내려왔다. 폭발이 있었을 때, 그는 같은 갱 안에서 갱차를 밀며 일하고 있었다. 갱차에 석탄을 잔뜩 싣고 다른 사람들이 기다리는 곳까지 밀고 갔을 때였다. 그는 백 개의 마그네슘이 갑자기 눈앞에서 태워졌다고 생각했다. 그 순간과 동시에 500분의 1초도 어긋나지 않게, 자기 몸이 종잇조각처럼 어딘가로 날아올랐다고 여겼다. 갱차 여러 대가 가스 압력 때문에 눈앞에서 빈 성냥갑보다 가볍게 날아갔다. 바로 정신을 잃었었다. 얼마나 지났을까, 자신의 신음에 눈이 떠졌다. 감독과 목수가 폭발이 다른 장소로 번지지 않도록 갱도에 벽을 만들고 있었다. 그는 바로 그때, 벽 뒤편으로부터 구하려 한다면 구할 수 있는 광부의, 한 번 들으면 절대로 잊어버릴 수 없는 도움을 요청하는 소리를 '확실히' 들었다. 그는 벌떡 일어나서 미친 듯이 외쳐댔다.

"안 돼, 안 돼!"

그는 사람들 속에 뛰어들어가 소리치기 시작했다. (예전에 그 자신도 벽을 만든 적이 있었다. 하지만 그때는 아무렇지도 않았었다.)

"멍청한 놈! 여기에 불이 붙으면 큰 손실이 생겨."

하지만 차츰차츰 소리가 작아지는 것을 알 수 있었다. 그는 무슨 생각을 했는지, 손을 뒤흔들고 울부짖으며 갱도를 미친 듯이 뛰어다니기 시작했다. 몇 번이나 넘어지면서 이마를 갱목에 부딪쳤다. 온몸이 진흙과 피투성이가 되었다. 그러다가 갱차의 굄목에 발이 걸려서, 배대뒤치기라도 당한 것처럼 레일 위로 던져져 다시 정신을 잃고 말았다.

그 이야기를 듣고 있던 젊은 노동자는 이렇게 말했다.

"글쎄, 여기도 그다지 다르지 않는데."

그는 광부 특유의 눈이 부신 듯한, 누렇고 윤기 없는 시선을 어업노동자의 위쪽으로 던지며 입을 다물고 있었다.

아키타, 아오모리青森, 이와테岩手에서 온 '농사꾼 출신 어업노동자들 중에는 책상다리 안쪽으로 양손을 찔러 넣고 성이 난 듯 앉아 있기도 하고, 또 어떤 사람은 무릎을 끌어안고 벽에 기댄 채 무심히 술을 마시기도 했다. 그리고 떠드는 소리를 그냥 열심히 듣고 있는 사람도 있었다. 해도 뜨기 전에 밭에 나가 열심히 일을 했지만, 먹고 살 수가 없어서 떠나온 사람들이었다. 맏아들 하나만을 남기고 (그래도 먹고 살 수 없었다.) 아내는 공장 여공으로, 둘째 아들, 셋째 아들도 어디론가 일하러 나가야만 했다. 남은 사람들도 줄곧 토지에서 쫓겨나 여기까지 흘러들어왔다. 그들은 모두 '돈을 벌어' 고향으로 돌아가고 싶어했다. 그러나 바다에서 일을 하다가 일단 육지에 발을 디디면, 찹쌀떡을 밟은 작은 새가 푸드득거리듯, 하코다테나 오타루小樽에서 정신없이 돈을 써버렸다. 그러다 보면 아주 쉽게 '태어났을 때'와 조금도 다르지 않은 알몸이 되어 쫓겨났다. 끝내 고향에 돌아갈 수 없게 되었다. 그들은 아무도 의지할 사람이 없는, 눈 많은 홋카이도에서 해를 넘기기 위해, 자신의 몸을 코딱지만큼 적은 돈에 '팔지 않으면 안 되었다.' 그들은 그렇게 내내 반복해도 뒴뒴이가 좋지 않은 아이처럼, 다음해에 또다시 태연하게(!) 같은 짓을 되풀이했다.

배 안에서 팔리고 과자 상자를 등에 짊어진 여자와 약장수, 거기에 일용품 판매상까지 들어왔다. 그들은 한가운데가 외딴섬처럼 구획된 장소에다 제각각 물건을 펼쳐놓았다. 어업노동자들은 사방에 널린 선반의 위쪽과 아래쪽 침상에서 몸을 내밀고, 농담을 하거나 즐겁게 이야기를 나눴다.

---

*오타루_ 홋카이도 서해 쪽에 있는 항구도시.

"과잔가, 예쁜 아가씨네."
"어머, 간지러워!"
 과자 파는 여자는 소리를 지르며 펄쩍 뛰었다.
"사람 엉덩이를 왜 만져, 정말 기분 나쁘네 이 남자!"
 과자를 입에 넣고 우물우물 씹던 사내는 모두의 시선이 자신에게 쏠리자 쑥스러워하며 껄껄 웃었다.
"이 여자 정말 귀엽네."
 변소에서 한쪽 벽을 한 손으로 짚어가며 비틀비틀 돌아온 술주정꾼이 때마침 그곳을 지나가다, 붉으락푸르락 볼이 불거져 나온 여자의 뺨을 가볍게 쿡쿡 찔렀다.
"뭐야 이건."
"화내지 마. 이 여자를 끌어안고 자야겠다."
 그는 이렇게 말하며 여자에게 너스레를 떨었다. 모두 웃었다.
"어이, 만두, 만두!"
 한구석에서 누군가 크게 외쳤다.
"예에⋯⋯" 이런 곳에선 아주 드문 맑은 목소리로 여자는 대답했다. "얼마나 드릴까요?"
"얼마나? 두 개가 아니면 병신이지. 팥만두, 팥만두!"
 갑자기 와아 하고 웃음이 터졌다.
"지난번에, 다케다竹田라는 녀석이, 저 과자 파는 여자를 억지로 아무도 없는 곳으로 데려갔대. 그런데 재미있는 건 말이야, 아무리 하려고 해봐도 안 됐다고 하더군."
 술 취한 젊은 남자였다.
 "속옷을 입고 있었는데, 다케다가 별안간 그것을 힘껏 벗겼대. 그런데 밑에다 또 입고 있었대. 세 장이나 입고 있었다고 하더군."
 남자가 배꼽을 잡으며 웃었다.
 이 남자는 겨울엔 고무신발회사의 직공으로 일했다. 봄이 되어 일이 없으면, 캄차카 반도에 일을 하러 갔다. 어느 쪽 일이든 '계절노동'이기 때문에, (홋카이도의 일은 거의 다 그랬다.) 갑자기 야근을 하게 되면, 할 수 있는 한 내내 쉬지 않고 일을 했었다.
 "아직 삼 년이나 살아 있으니 감사하지."
 고무신발 직공은 그렇게 말했었다. 그는 질 나쁜 고무처럼 죽어버린 피부색이었다.
 어업노동자의 동료들 중에는, 홋카이도 오지의 개간지나 철도시설 토목공사장의 노동자로 팔렸던 사람, 생계를 위해 각지를 떠돌다 건너왔거나, 술만 있으면 단지 그걸로 만족하는 이들도 있었다. 아오모리 부근의 선량한 촌장에게 뽑혀서 온, 아무것도 모르는 나무뿌리처럼 정직한 농사꾼도 그들 가운데 섞여 있었다. 이렇게 저마다의 사정을 가지고 모였다는 것은, 고용하는 처지에서 보면 이보다 더 좋을 수 없었다. (하코다테의 노동조합은 캄차카행 게 공선 어업노동자들 가운데 조직원을 심는 일에 목숨을 걸고 있었다. 아오모리, 아키타의 조합들도 연락을 하며 기회를 엿보고 있었다. 고용주는 그 일을 무엇보다 겁냈다.)

　풀 먹인, 길이가 짧은 청백색 윗옷을 입은 잔심부름꾼 소년은 '윗분'들의 객실로, 맥주, 과일, 양주 컵을 들고서 바쁘게 들락날락했다. 객실에는 회사의 무서운 사람, 말하자면 선장, 감독, 게다가 캄차카에서 경비 임무를 맡은 구축함 대장과 해양경찰서장, 잡부장이 있었다.

"제길, 벌컥벌컥 잘도 마시네."

　잔심부름꾼 소년은 조금씩 짜증을 내기 시작했다.

　어업노동자 '소굴'엔 해당화꽃 같은 다홍색 전등이 켜져 있었다. 담배연기와 사람들 체온에서 나오는 열기 탓에 공기는 탁해지고 냄새가 나서, 소굴 전체는 말 그대로 '똥통'이었다. 구획되어진 침상에서 빈둥거리는 인간이, 구더기처럼 꿈틀거리는 듯했다. 어업 감독을 선두로, 선장과 공장 대표, 잡부장이 갑판 승강구를 내려왔다. 선장은 끝이 말려 올라간 콧수염이 신경 쓰이는지 줄곧 손수건을 윗입술에 갖다 대었다. 통로엔 사과와 바나나 껍질, 축축해진 작업화와 신발, 밥풀이 붙어 있는 만두의 엷은 껍질 등이 버려져 있었다. 수챗구멍은 막혀버렸다. 감독은 힐끔 그쪽을 쳐다보더니 막되게 함부로 침을 내뱉었다. 다들 한잔 걸치고 왔는지 얼굴이 불그스름했다.

"한마디 해두겠다."

토목공사장 십장처럼 튼실한 몸을 한 감독은 다리 한쪽을 침상 칸막이에 올려놓고, 이쑤시개를 가볍게 씹어가며 이따금씩 잇새에 낀 찌꺼기를 빼내며 입을 열었다.

"아는 사람은 다 알겠지만, 말할 것도 없이 이 게 공선 사업은 단순히 한 회사의 돈벌이만이 아니고, 국제적으로도 아주 중대한 문제다. 우리 일본 국민이 위대한지, 아니면 로스케가 위대한지를 놓고 벌이는 중요한 싸움이다. 게다가 만약, 만약에 경우에, 그럴 일은 절대로 있을 수 없지만, 싸움에 지는 일이 벌어졌을 때는, 불알을 달고 있는 일본 사나이들이라면 배라도 가르고 캄차카 바다에라도 뛰어들어야 한다. 우리가 몸이 작다고 해도, 아둔한 로스케한테 진다면 참을 수 없다. 그뿐 아니라 우리의 캄차카 어업은 게통조림뿐만 아니라, 연어, 송어와 함께, 국제적으로 다른 나라와는 비교할 수 없는 우수한 지위를 가지고 있고, 또한 일본 국내의 한계에 다다른 인구문제, 식량문제에 대해서 중대한 사명을 지니고 있다. 이런 것을 말해도 너희는 알지도 못하겠지만, 어쨌든 일본의 위대한 사명을 위해, 너희는 목숨을 걸고 북해의 거친 파도를 뚫고 나가야 한다는 사실을 알지 않으면 안 된다. 그렇기 때문에, 저쪽에 가서도 늘 우리 일본

---

*로스케_ 러시아 사람을 낮잡아 이르는 말.

의 함대가 우리를 지켜주는 것이다. 그런데 요즘 유행하는 로스케의 흉내를 내며, 당치도 않은 일을 부추기는 놈이 있다면, 그것이야말로, 바꿔 말하면 일본을 팔아먹는 놈이다. 그럴 일은 없겠지만 잘 기억해두기 바란다."

감독은 술이 깨는지 잇달아 재채기를 했다.

술 취한 구축함 함장은 인형극의 인형처럼 이상한 걸음걸이로, 대기시켜 놓은 소형 함정을 타기 위해 뱃전사다리를 내려갔다. 수병은 함장을 위쪽과 아래쪽에서, 자갈을 담은 자루를 껴안듯이 들어올렸다. 손을 흔들거나 발을 밟으며 제멋대로 떠들어대는 함장 때문에, 수병은 자기 얼굴에 연거푸 함장의 '침'이 튀는 것을 겪어야 했다.

"겉으론 이러쿵저러쿵 위세를 떨더니 이 꼴이네."

함장을 겨우 태우고 나서, 한 명이 뱃전사다리 층계참에서 밧줄을 풀며 힐끔 함장을 보며 낮은 목소리로 말했다.

"해치워버릴까!?"

둘은 순간 숨을 죽였으나, 잠시 후 서로 웃기 시작했다.

슈쿠쓰祝津의 등대가 회전할 때마다 반짝반짝 빛나는 불빛이, 저 멀리 오른쪽으로 온통 잿빛 바다 같은 해무 속에서 보였다. 그 등대가 다른 쪽으로 돌아갈 때 어떤 신비스런, 길고도 먼

백은색의 빛줄기를 몇 해리나 휘익 잡아당겼다.

 루모이留萌의 앞바다 근처에서, 가는 비가 찔끔찔끔 내리기 시작했다. 어업노동자와 잡일꾼은 게의 집게발처럼 추위로 곱은 손을 가끔씩 품속에 찔러 넣거나, 입언저리를 양손으로 둥글게 에워싸고 입김을 불어주어야만 했다. 청국장 낫토의 가늘고 기다란 실 같은 비가 줄곧, 이와 마찬가지로 불투명한 색깔을 한 바다에 내렸다. 옷카나이稚內에 가까워지자 빗방울은 차츰 굵어져서, 넓은 바다의 물결은 깃발이 바람에 펄럭이듯 넘실거리다가 빠르고 거칠어졌다. 바람이 돛대에 부딪치자 불길한 소리가 났다. 대갈못이 헐렁해지기라도 한 듯 어딘가에서 끊임없이 삐걱거렸다. 소야宗谷해협에 들어섰을 때는 삼천 톤에 이르는 이 배도, 딸꾹질이라도 하려는 것처럼 항해가 순조롭지 않았다. 어떤 굉장한 힘이 배를 들어 올렸다. 한순간 배는 허공에 떠 있다가, 원래 위치로 가라앉았다. 마치 엘리베이터가 급강하할 때 오줌을 지릴 듯한, 뱃속이 울렁거리는 불쾌감을 그때마다 느꼈다. 잡일꾼은 얼굴이 노랗게 질려, 뱃멀미 때문에 눈을 날카롭게 치뜨고 왝왝거렸다.

 파도의 물보라로 흐려진 둥근 현창으로 드문드문, 사할린의 눈 쌓인 산등성이의 단단한 선이 보였다. 하지만 그 선은 금세 유리창 너머에서 알프스 빙산처럼 날카롭게 솟구치는 파도에 가려졌다. 차갑고 깊은 계곡이 생겼다. 그것은 차츰차츰 다가와 창문에 세게 부딪쳐서 흩어지며 거품을 일으켰다. 그리고 그대로 뒤쪽으로, 뒤쪽으로 창문을 타고 미끄러져 파노라마처럼 흘러갔다. 배는 이따금 아이들이 그러는 것처럼 선체를 흔들었다. 선반에서 물건 떨어지는 소리, 끼익 하고 뭔가 휘는 소리, 파도가 배 옆구리에 텀벙하고 둔탁하게 부딪치는 소리도 들렸다. 그러는 사이, 엔진실로부터는 엔진 소리가 여러 기구器具를 통해 작은 진동과 함께 울려 퍼졌다. 때때로 파도의 등에 올라서면 스크루가 헛돌고 회전 날개로 수면을 세게 내리쳤다.

바람은 점점 세차게 불어왔다. 두 개의 돛은 낚싯대처럼 휘어져 거칠게 울기 시작했다. 파도는 너무나 쉽게 통나무 위를 단숨에 뛰어넘듯이, 한쪽에서 다른 한쪽으로 폭력단처럼 난폭하게 밀고 들어왔다 빠져나갔다. 그 순간, 빠져나가는 파도는 크나큰 폭포가 되어 내리쏟아졌다.

보면 볼수록 더더욱 커지는 파도는, 산처럼 거대한 비탈면에 달랑 장난감 배가 놓이듯 옆으로 다가올 때가 있었다. 그러면 배는 파도에 삼켜져서 그 계곡 바닥으로 곤두박질쳤다. 지금이라도 금방 침몰할 듯싶었다. 하지만 바닥에선 금세 또 다른 파도가 불쑥 솟아올라, 쿵 하고 배 옆구리에 부딪쳤다.

오호츠크 해로 나가자, 바다 색깔은 한결 뚜렷하게 잿빛을 띠었다. 껴입은 옷 속으로 한기가 파고들어 잡일꾼들은 입술이 흙빛이 되어 일하고 있었다. 추워지면 추워질수록 소금처럼 작고 메

마른 눈이 거칠게 흩날렸다. 그 싸락눈은 자잘한 유리 파편처럼 갑판에 납작 엎드려서 일하는 잡일꾼과 어업노동자 얼굴에 박혔다. 파도가 한 번 갑판을 쓸고 지나가면, 금세 얼어붙고 말아서 미끄러웠다. 다들 이 갑판에서 저 갑판으로 굵다란 밧줄을 치고, 저마다 기저귀를 찬 것처럼 밧줄을 매달고서 작업해야만 했다. 감독은 연어를 때려죽일 때 쓰는 곤봉을 들고 큰 소리로 고함치고 있었다.

　동시에 하코다테를 떠났던 다른 게 공선은 어느 틈엔가 뿔뿔이 흩어졌다. 그런데도 배가 한껏 알프스 산꼭대기에 올라탈 때면, 익사자가 두 팔을 흔드는 것처럼 심하게 흔들리는 두 개의 돛대가 저 멀리 보이기도 했다. 담배연기처럼 조그맣게 보이는 연기가 파도 위에서 닿을 듯 말 듯 흩어졌다. 큰 물결의 아비규환 속에서 확실히 그 배가 내는 듯한 기적 소리가 띄엄띄엄 들려왔다.

　게 공선에는 똑딱선을 여덟 척 싣고 있었다. 선원이든 어업노동자든 모두가 그것을 수천 마리 상어 떼처럼 허연 이빨을 드러내고 덤벼드는 파도한테 빼앗기지 않으려고, 자신들의 안전은 아랑곳없이 작은 어선을 붙잡아 매는 데 목숨을 걸어야만 했다.

　"너희 한두 명은 아무 것도 아니야. 어선 한 척이라도 없어졌단 봐라, 가만두지 않겠다."

　감독은 우리말로 틀림없이 그렇게 말했다.

　캄차카 바다는 마침 잘 왔다고 진작 벼르고 있었던 듯싶었다.

그 바다는 쫄쫄 굶주린 사자처럼 입맛을 다셨고 배는 마치 토끼보다도 훨씬 약했다. 허공에 눈보라는 바람을 따라, 하얗고 거대한 깃발이 나부끼는 것처럼 보였다. 밤이 가까워졌다. 그러나 거칠어진 바다는 좀처럼 멎을 것 같지 않았다.

일이 끝나자, 다들 숙소인 '똥통' 속으로 차례차례 들어갔다. 손과 발은 무처럼 차가워져서 감각 없는 몸에 붙어 있었다. 저마다 누에처럼 선반 속으로 들어가자 누구도 한마디 말도 하려 하지 않았다. 그저 벌렁 드러누워 철 기둥을 붙들고 있었다. 배는 쇠파리를 쫓아내는 말처럼 마구 선체를 흔들었다. 어업노동자는 그저 시선을 하얀 페인트가 누렇게 바랜 천장에 두거나, 아니면 바다 속에 거의가 잠긴 검푸른 둥근 창문을 바라봤다. 몇몇은 질렸다는 듯이 멍하니 입을 반쯤 열고 있는 사람도 있었다. 아무도, 아무것도 생각하고 있지 않았다. 막연하고 불안한 자각이, 모두를 불쾌한 침묵에 빠지게 만들었다.

누군가 목을 뒤로 젖히며 위스키를 단숨에 병나발 불었다. 붉노랗게 탁해진, 흐릿한 전깃불 아래에서 병 모서리가 빛나는 모습이 보였다. 위스키 빈병이 어딘가에 번개 치듯 요란하게 부딪치는 소리를 내며 선반에서 통로로 던져졌다. 다들 머리만 그쪽을 향하여 눈으로 병을 쫓았다. 구석에서 다른 누군가가 화를 냈다. 거친 바다 소리에 묻혀 그 말소리는 뜨문뜨문 끊겨서 들렸다.

"일본에서 멀어지고 있어."

누가 이렇게 말하며 둥근 창문을 팔꿈치로 닦았다.

'똥통'의 난로는 잘 타지 않아서 부지직거리며 연기만 나고 있었다. 연어와 송어를 잘못해서 '냉장고'에 던져 넣은 것처럼, 그 속에서 '살아 있는' 인간은 덜덜 떨고 있었다. 돛천 덮개로 덮어씌운 갑판 승강구 위를 파도가 쏴아 하고 쓸고 갔다. 그럴 때마다 북통 안쪽처럼 '똥통'의 철벽에다 커다란 되울림 소리를 일으켰다. 때때로 어업노동자가 잠자는 바로 그 옆쪽에서 남자의 억센 어깨가 붙잡힌 듯한 묵직한 느낌이 들곤 했다. 배는 마치 죽어가는 고래가, 미쳐 날뛰는 파도 사이에서 몸부림을 치며 몸을 비틀어대는 듯했다.

"밥이다!"

요리사가 문으로 윗몸을 내밀며, 입에 양손을 대고 소리쳤다.

"바다가 거칠어 국물은 없다."

"뭐라고?"

"우라질 생선자반!"

어업노동자들은 얼굴을 찡그렸다.

다들 무거운 몸을 일으켰다. 밥 먹는 일에, 모두는 죄수들 같은 집념을 가졌다. 걸신들린 듯했다. 자반 접시를 책상다리 위에 올려놓고, 입김을 불어가며 찰기가 없어 흩어지는, 뜨거운 밥알을 볼이 미어지도록 입에 넣고 씹어 먹었다. '처음'으로 뜨거운 것을 코앞에 가져왔기 때문에, 콧물이 쉴 새 없이 흘러내려 느닷없이 밥 속으로 떨어질 듯했다.

　밥을 먹고 있는데 감독이 들어왔다.

"이런 빌어먹을 놈들, 게걸스럽게 좀 먹지 마라. 제대로 일도 못한 날에 배 터지게 처먹일 것 같으냐."

　감독은 위아래 선반을 힐끔힐끔 쳐다보며 왼쪽 어깨를 앞으로 흔들며 나아갔다.

"도대체 저놈한테 저런 말을 할 권리가 있는 거야?"

　뱃멀미와 과로로 살이 쏙 빠진, 이제 막 학교를 졸업한 학생이 투덜거렸다.

"아사카와淺川 저 새끼, 게 공선의 아사카와인지, 아사카와의 게 공선인지 모르겠네."

"천황 폐하는 구름 위에 계시고, 우리들이야 어떻게 되든 상관없지만, 아사카와는 그렇지 않단 말이지."

　다른 쪽에서,

"짠돌이처럼 굴고 있네, 뭐야, 밥 한두 공기 가지고! 젠장."

　누군가 입을 삐쭉 내밀고 이렇게 말했다.

"대단하다 대단해. 그걸 아사카와 앞에서 말할 수 있으면 정말 대단할 거야."

　다들 어쩔 수 없이, 화는 나지만 웃고 말았다.

　제법 밤이 깊어지자, 비옷을 입은 감독이 어업노동자가 잠든 곳으로 들어왔다. 배가 흔들린 탓에 선반 테두리를 붙잡고 서서, 그들 사이로 일일이 석유등을 비추며 걸었다. 호박처럼 둥글둥글한 머리를, 거리낌 없이 이쪽으로 돌려놓고서 등불로 비춰 보았다. 어업노동자는 짓밟힌다고 해도 눈을 뜰 리 없었다. 모조리 비춰 보고 나자, 감독은 잠시 그 자리에 서서 혀를 찼다. 어떻게 할까 망설이는 표정이었다. 그러나 그는 바로 다음 칸에 있는 식당으로 걸어가기 시작했다. 빛살이 퍼져나가는, 창백한 석유등 불빛이 흔들릴 때마다 비좁고 너저분한 선반의 한쪽과 고무장화, 받침 기둥이 서 있는 마루와 작업복, 또 행장의 일부가 언뜻 빛났다가 사라졌다. 감독의 발밑에서 불빛이 흔들리다 한순간 멈췄다. 그 다음 이번엔 식당 문에 허깨비 불 같은 빛살의 둥근 고리가 그려졌다. 이튿날 아침이 되자, 감독은 잡일꾼 한 사람이 행방불명된 사실을 알게 되었다.

모두는 전날에 무리하게 일했던 것을 생각하며, 아무래도 파도에 휩쓸렸다고 생각했다. 불길한 느낌이 들었다. 그러나 어업노동자들은 새벽부터 일에 내몰렸기 때문에, 그 사건에 대해 서로 이야기할 수 없었다.

"이렇게 차가운 물속에, 누가 좋아서 뛰어들어! 어딘가 숨어 있을 거야. 찾아내면, 빌어먹을 놈, 박살을 내주겠어!"

감독은 곤봉을 장난감처럼 빙글빙글 돌리면서, 배 안을 뒤지고 다녔다.

거칠던 바다는 한 고비를 넘기고 있었다. 그렇지만 배가 나아가는 방향에서 올라오는 높은 파도에 배가 들어가면, 파도는 자기 집 문지방을 넘듯이 아주 손쉽게 넘어왔다. 하루 밤낮을 투쟁한 탓에 만신창이가 되어버린 듯 배는 어딘가 절뚝거리는 소리를 내며 나아갔다. 엷은 연기 같은 구름이 손에 닿을 듯 바로 위에서, 돛대와 부딪치면서 급하게 각도를 꺾으며 날아갔다. 얼마쯤 한기를 느끼게 하는 비는 아직 멈추지 않았다. 사방에서 성난 파도가 몰아칠 때마다 바다에 꽂히는 빗발이 뚜렷하게 보였다. 그것은 원시림 속에서 길을 잃고 헤맬 때 비를 만나는 일보다 더욱 불안했다. 삼으로 만든 밧줄은 철관을 잡은 것처럼 뻣뻣하게 얼어 있었다. 학교를 막 졸업한 학생이 미끄러지는 발밑에 신경을 써가며 조심스럽게 갑판을 건너갈 때, 뱃전사다리를 두 계단씩 뛰어올라오는 잔심부름꾼 소년과 만났다.

'잠깐' 하며 잔심부름꾼 소년은 학생을 바람이 들지 않는 한구석으로 끌고 가선, 재미있는 일이 있다고 들려주었다.

오늘 새벽 두 시쯤이었다. 갑판 위까지 올라온 파도가 짬을 두고 철썩, 쏴아 하며 폭포처럼 흐르고 있었다. 한밤 어둠 속에서, 파도가 이빨을 드러내는 모습이 가끔씩 희뿌옇게 보였다. 높은 파도 때문에 모든 선원은 자지 않고 있었다.

그때였다.

선장실에 무전수가 허둥대며 뛰어 들어왔다.

"선장님 큰일 났습니다. SOS입니다!"

"SOS? 어느 배야?"

"지치부秩父호입니다. 우리 배와 함께 나란히 항해 중이었습니다."

"그건 다 낡은 배다!"

아사카와는 비옷을 입은 채, 구석에 있는 의자에 가랑이를 크게 벌리고 앉아 있었다. 한쪽 신발의 끝을 바보처럼 달그락달그락 움직이며 웃었다.

"하긴 다른 배도 낡기는 마찬가지지."

"잠시도 지체할 수 없습니다."

"음, 그거 큰일이다."

선장은 엔진실로 올라가려고 서둘러서 옷도 제대로 걸치지 않고 문을 열려고 했다. 아직 문을 열기 전이었다. 갑자기 아사카와가 선장의 오른쪽 어깨를 잡았다.

"쓸데없이 항로를 바꾸라고, 누가 명령했어."

누가 명령했어? '선장'이지 않겠는가. 순간 선장은 무슨 영문인지 모르고 멍하니 있었다. 그러나 그는 곧 자신의 처지를 밝혔다.

"선장으로서다."

"선장으로서라고?"

선장의 앞을 가로막아선 감독은 말꼬리를 올리며 상대를 모욕하는 말투로 밀어붙였다.

"어이, 도대체 이게 누구 배지. 회사가 돈 내고 빌린 배잖아. 뭐라고 명령할 수 있는 사람은 회사대표 스다須田님과 여기 있는 나뿐이야. 당신, 선장이라고 잘난 척을 하는데, 그까짓 건 똥간 종이만도 못해. 알기나 해. 그런 일에 상관하지 마. 일주일을 허비할 수도 있어. 하루라도 늦기만 해 봐. 게다가 지치부호는 과분할 정도로 큰 보험에 들어 있어. 다 낡은 배야. 가라앉으면 오히려 이익이야."

잔심부름꾼 소년은 금방이라도 무서운 싸움이 일어날 것만 같은 생각이 들었다. 이건 이대로 끝날 일이 아니었다. 하지만 선장은 목구멍에 솜이라도 틀어막힌 듯, 꼼짝도 안하고 서 있지 않은가. 소년은 이런 선장을 예전엔 한 번도 본 적이 없었다. 선장 말이 통하지 않는다. 빌어먹을, 어떻게 그런 일이! 그러나 그런 일이 일어나고 있었다. 소년은 어떻게 된 일인지 알다가도 몰랐다.

"그렇게 인정에 끌려다니면, 국가가 어떻게 전쟁을 할 수 있겠어?"

감독은 입술을 뒤틀며 침을 뱉었다.

무전실의 수신기는 이따금 작고 창백한 불꽃을 내며 잇달아 울렸다. 어쨌든 경과를 알아보기 위해 다들 무전실로 갔다.

"이렇게 줄곧 무선을 치고 있습니다. 점점 빨라지고 있습니다."

무전수는 자신의 어깨 너머로 들여다보는 선장과 감독에게 설명했다. 무전기의 스위치와 버튼 위로 무전수의 손가락이 잽싸게 미끄러지곤 했다. 선장과 감독은 마치 실로 꿰매어 놓은 것처럼, 무전수의 손가락을 따라가며 뚫어져라 쳐다보다가 자기도 모르는 사이에 어깨와 목에 힘이 들어갔다.

 배가 흔들릴 때마다 종기처럼 벽에 붙어 있는 전등이 밝아졌다 어두워지곤 했다. 배 옆구리를 세차게 부딪치는 파도 소리와 끊임없이 울리는 불길한 경적 소리가, 바람 탓에 멀어졌다가 금세 머리 위에서 들리듯 가까워지는 것이 철문을 사이에 두고 들려왔다.

 수신기는 지지직 소리가 길게 꼬리를 끌면서 점멸하고 있었다. 한순간 소리가 그쳤다. 바로 그때 그들의 가슴은 철렁했다. 당황한 무전수는 여기저기 스위치를 돌리며 정신없이 기계를 움직였다. 그러나 그뿐이었다. 더 이상 무전은 들어오지 않았다.

 무전수는 몸을 틀며 회전의자를 휙 돌렸다.

 "침몰했습니다……."

 무전수는 머리에서 수신기를 벗으며 낮은 목소리로 말했다.

 "승무원 425명의 최후입니다. 구조 가능성 없음. SOS, SOS, 이렇게 두세 번 이어졌다가 끊겼습니다."

 그 말을 듣던 선장은 목과 옷깃 사이에 손을 찔러 넣고 답답한지 턱을 흔들며 옷깃을 늘였다. 그는 무의미하고 불안한 시선으로 주위를 둘러보고 나서 문 쪽으로 몸을 돌려버렸다. 그리고 넥타이의 매듭 근처를 손으로 지그시 눌렀다. 소년은 그런 선장의 모습을 차마 볼 수 없었다.

 학생은 "음, 그런가!" 하고 말했다. 그 이야기에 끌렸기 때문이었다. 그러나 곧 우울한 기분이 들어 바다로 눈을 돌렸다. 바다는 여전히 커다란 파도에 또다시 파도가 치고 있었다. 수평선을 바라보는 동안 파도는 발밑에 있는가 싶더니, 채 이삼 분도 지나지 않아서 그 파도의 계곡 때문에 좁혀진 하늘을 치켜보듯 아래로 끌어당기고 있었다.

"정말 침몰했을까."

학생은 혼잣말이 나왔다. 걱정이 되어서 어쩔 줄 몰라 했다. 지치부호와 마찬가지로 다 낡은 배에 타고 있는 자신들의 처지가 생각났기 때문이었다.

게 공선은 모두 다 낡은 배였다. 노동자가 북오호츠크 해에서 죽는 일 따위는, 본사 빌딩에 있는 중역에게는 어찌 되든 상관없는 일이었다. 자본주의는 마땅히 이윤에 관한 일이라면, 금리가 내려 돈이 넘쳐나기만 한다면, '말 그대로' 무슨 짓이라도 한다. 아무짝에도 쓸모없는 곳에서도 반드시 혈로血路를 찾아낸다. 거기에다 배 한 척에 몇 십만 엔이 손쉽게 수중에 들어오는 것이 게 공선이다. 그들이 혈안이 되는 건 어쩌면 당연한 일이었다.

게 공선은 '공장선'으로 '선박'이 아니었다. 그래서 항해법이 적용되지 않는다. 이십 년이나 연명해서 침몰시키는 것밖엔 아무짝에도 쓸모없는, 비틀비틀거리는 '매독 환자' 같은 배는, 부끄러운 줄도 모르고 겉에다 진한 화장을 하고 하코다테까지 흘러들어왔다. 러일전쟁 때 '명예스럽게' 파손당하여 생선 내장처럼 버려졌던 병

원선이나 운송선이, 유령보다도 쓸모가 없는 모습을 드러냈다. 조금 증기를 세게 하면 파이프가 터져서 김을 뿜어냈다. 러시아 감시선에 쫓겨 속력을 낼라치면, (그런 일은 자주 있었다.) 배는 어디선가 우지직 소리를 내며 금방이라도 선체가 제각각 해체될 것만 같았다. 그것은 마치 중풍환자처럼 몸을 흔들어댔다.

그러나 그렇다고 해도 전혀 상관없었다. 왜냐하면, 지금은 일본을 위해서라면 어떤 일이라도 해야만 하는 시절이었다. 게다가 게 공선은 배가 아닌 순수한 '공장'이었다. 하지만 공장법의 적용을 받지 않는다. 이런 까닭에 그처럼 자기들 마음대로 할 수 있는 곳은 달리 없었다.

영악한 중역은 이 일을 '우리나라를 위해서'라는 말과 결부시켰다. 거짓말처럼 돈은 남몰래 중역의 주머니로 들어갔다. 그러나 그는 그 일을 좀 더 확실히 해두려고, '국회의원'에 출마하는 일을 자동차로 드라이브하면서 생각했다. 물론 회사 중역이 틀림없이 그런 생각을 하고 있을 때, 지치부호의 노동자들은 몇 천 해리나 떨어진 북쪽 어두운 바다에서, 깨진 유리조각처럼 날카로운 파도와 바람에 맞서 죽음의 사투를 벌이고 있었다.

학생은 '똥통'으로 나 있는 사다리를 내려가면서 생각했다.

"이거 참 남의 일이 아니네."

'똥통' 사다리를 내려가자, 바로 막다른 곳에 다음과 같은 오자투성이의 벽보가 풀 대신 사용한 밥풀의 울퉁불퉁한 부분을 드러낸 채

붙어 있었다.

> 잡일꾼, 미야구치를 발견하는 자는,
> 담배 두 갑, 수건 한 장을 상으로 준다.
>
> —감독 아사카와

며칠이 지나도 이슬비는 개지 않았다. 그 때문에 뿌옇게 보이는 캄차카 해안선은 칠성장어처럼 기다랗게 보였다.

앞바다 4해리 근처에서 하쓰코호는 닻을 내렸다. 3해리까지는 러시아 영해여서, 그 이상 들어가선 안 되었다.
 그물 손질을 끝내고 언제라도 게를 잡을 수 있도록 준비했다. 캄차카의 아침은 두 시경에 시작되었다. 어업노동자는 벌써 옷을 입고 가랑이까지 올라오는 고무장화를 신은 채, 얇은 상자 속에서 졸고 있었다.
 중개인한테 속아서 배를 타게 된, 도쿄에서 이제 막 학교를 졸업하고 온 학생은, 이렇게 될 줄 몰랐다고 중얼거렸다.
 "혼자서 몰래 잠이나 자고, 정말 감쪽같네!"
 "아니야, 잠자는 게 아니고 잠깐 졸고 있었어."
 학생은 모두 열일곱, 여덟 명쯤 와 있었다. 육십 엔을 미리 가불하는 조건으로, 기찻삯, 숙박비, 담요, 이불, 거기에 중개료를 빼고 나니, 마침내 배에 도착했을 때는 한 사람당 칠팔 엔의 빚(!)을 지게 되었다. 그 사실을 처음 알았을 때, 그들은 돈이라고 생각하고 쥐었던 것이 정작 아무 쓸 데도 없는 마른 잎에 지나지 않아서 당황했다. 처음에 그들은 파란 도깨비, 빨간 도깨비에게 둘러싸인 망자亡者처럼 어업노동자들 가운데 한 덩어리로 모여 있었다.
 하코다테를 출발하고 사흘째 되는 날부터, 날마다 찰기 없이 흩어지는 밥과 늘 똑같은 국물 때문에 학생들은 모두 몸 상태가 좋지 못했다.
 침상에 들어가 무릎을 세우고 서로 정강이를 손가락으로 눌러 보았다. 그렇게 몇 번을 되풀이하며 그때마다 쑥 들어간다, 안 들어간다 하면서 그들은 기분이 밝아졌다 어두워지곤 했다. 정강이를 쓰다듬어 보면, 약한 전기에 감전된 것처럼 저릿저릿한 통증을 호소하는 사람이 두세 명 나왔다.

선반 끝에서 양발을 늘어뜨리고, 무릎을 손날로 쳐서 발이 튀어오르는가도 시험했다. 게다가 더 안 좋은 건 배변을 네댓새나 못한 일이었다. 학생 한 명이 의사에게 변비약을 받으러 갔었다. 돌아온 학생은 흥분해서 얼굴이 새파랗게 질려 있었다.

"그런 사치스런 약은 없다는 거야."
"아마 그럴 거야. 의사라는 게 다 그렇지 뭐."
옆에서 듣고 있던, 이 일을 오래한 어업노동자가 대답했다.
"어떤 의사든 다 똑같아. 내가 전에 있었던 회사의 의사도 그랬다."

탄광 출신의 어업 노동자였다.

다들 한가하게 누워서 쉬고 있을 때 감독이 들어왔다.
"모두 자고 있나. 잠깐 주목. 지치부호가 침몰했다는 무전이 들어왔다. 생사에 대해서는 잘 모른다고 한다."

감독은 입술을 일그러뜨리며 침을 뱉었다. 그의 버릇이었다.

학생은 잔심부름꾼 소년한테서 들은 이야기가 막 생각났다. 자기가 직접 손을 써서 죽인, 노동자 사오백 명의 목숨에 대해 저렇게 천연덕스러운 얼굴로 말하다니, 바다 속에 처박아도 성이 안 차는 놈이라고 생각했다.

사람들은 여기저기서 부스스 머리를 들었다. 갑자기 웅성거리며 서로 말하기 시작했다. 아사카와는 그렇게 말하고는, 왼쪽 어깨를 앞쪽으로 내밀고 거들먹거리면서 나가버렸다.
　행방이 묘연했던 잡일꾼은, 그저께 보일러 옆에서 나오는 것을 붙잡았다. 이틀 동안 숨어 있었지만 배가 너무 고픈 나머지 어쩔 수 없이 나왔던 모양이었다.
　붙잡은 사람은 중년을 막 넘긴 또 다른 잡일꾼이었다. 젊은 어업 노동자는 그 잡일꾼을 때려죽인다고 화를 냈다.
　"시끄러운 놈이네. 담배도 안 피우면서, 담배 맛을 알기나 해."
　담배 두 갑을 손에 넣은 중년의 잡일꾼은 맛있다는 듯이 피웠다.
　감독은 붙잡힌 잡일꾼을 셔츠 한 장만 입혀서, 두 개 있는 변소의 그중 한곳에다 가둬놓고 밖에서 문을 잠가버렸다. 처음에는 다들 변소에 가는 것을 싫어했다. 옆에서 울부짖는 소리를 듣고 있을 수 없어서였다.
　이틀째가 되자 잡일꾼의 목소리는 잠겨버렸다. 울부짖는 소리는 점차 조금씩 사이를 두고 들려왔다.
　하루가 끝나갈 무렵, 일을 마친 어업노동자는 걱정이 되어 곧장 변소로 향했다. 이제는 문 안쪽에서 두들기는 소리도 들리지 않았다. 이쪽에서 신호를 해봐도 아무런 대답이 없었다.
　이날 늦게, 팬티에 한쪽 손을 올려놓고 변소 종이상자에 머리를 집어넣고 엎드려 있던 미야구치가 끌려나왔다. 입술은 파란 잉크를 칠해놓은 듯 확연히 죽어 있었다.

 아침은 추웠다. 동은 텄지만, 아직 세 시였다. 사람들은 추위로 곱은 손을 주머니에 찔러 넣고, 등짝을 둥글게 움츠리며 일어나고 있었다. 감독은 잡일꾼과 어업노동자, 하급 선원, 보일러공의 방을 돌아다니며 감기에 걸렸거나 병이 난 사람들을 가리지 않고 끌어냈다.

 바람은 없었지만 갑판에서 일하고 있으면, 손과 발끝은 막대기처럼 감각이 없어졌다. 잡부장은 큰 소리로 욕지거리를 해대며, 열네댓 명의 잡일꾼들을 공장으로 밀어 넣고 있었다. 그가 들고 있는 대나무 끝엔 가죽이 달려 있었다. 그것은 공장에서 게으름 피우는 자들을, 기계 반대편에서도 때릴 수 있게끔 만들어져 있었다.

 "어제 저녁에 끌려 나와선, 아무 것도 할 수 없는 미야구치를 오늘 아침부터 어떻게 해서든 일을 시키지 않으면 안 된다고, 조금 전에 발로 막 걷어찼어."

 학생과 친해진, 몸이 약해 보이는 잡일꾼은 잡부장 얼굴을 슬쩍 슬쩍 훔쳐보며 그 일을 알려줬다.

 "무슨 짓을 해도 움직이지 않으니까, 결국 포기 한 것 같은데."

 감독은 몸을 벌벌 떨고 있는 잡일꾼을 뒤에서 곤봉으로 쿡쿡 찌르며 밀었다. 차가운 비에 젖어가며 일해야만 했기 때문에, 감기에 걸려 끝내 늑막이 나빠졌다.

날이 춥지 않을때도 줄곧 몸을 떨었다. 잡일꾼은 아이답지 않게 두 눈썹 사이에 주름을 새기며 핏기 없는 엷은 입술을 묘하게 일그러뜨린, 잔뜩 화가 난 표정이었다. 추위를 견디지 못하고 보일러실에서 어슬렁거리다 감독에게 들켰던 것이다.

출어를 위해 똑딱선을 윈치로 내리던 어업노동자는 아무 말도 하지 않고, 그 두 사람을 지나가게 했다. 마흔 살쯤 돼 보이는 그 어업노동자는 차마 볼 수 없다는 듯 얼굴을 돌리며 절레절레 머리를 천천히 두세 번 흔들었다.

"감기가 들거나, 몰래 잠이나 자라고, 비싼 돈 주고 데려온 게 아니다. 멍청한 놈, 쓸데없이 그런 꼴 안 봐도 돼!"

감독은 갑판을 곤봉으로 두들겼다.

"감옥도 이보다 나쁘지 않겠어."

"이런 걸 고향에 돌아가 말해봐도 아무도 믿지 않을 거야."

"그러게 말이야. 이런 일은 있을 수 없어."

윈치가 요란한 소리를 내며 돌기 시작했다. 똑딱선은 그 몸통을 허공에서 흔들며 일제히 내려졌다. 선원과 보일러공은 감독이 몰아붙이는 대로, 미끄러운 갑판을 조심해서 뛰어다녔다. 그 사이를 감독은 닭볏을 세운 수탉처럼 돌아다녔다.

작업이 한고비를 넘긴 덕에, 학생은 잠깐 바람을 피하여 수하물 그늘에 앉았다.

탄광 출신의 어업노동자가 입 둘레를 양손으로 둥글게 감싸서 호

호 입김을 불어가며 불쑥 모퉁이를 돌아 나왔다.
"목숨을 거네!"
 그 말에 실감이나 하듯 학생의 마음 한구석이 찡하고 울려왔다.
"역시 광산하고 하나도 다르지 않네, 죽을 각오 하지 않으면 살지 못한다는 말. 가스도 무섭지만, 파도도 무서우이."
 정오를 조금 지나자, 하늘의 모습이 차츰차츰 바뀌기 시작했다. 엷은 해무가 근처에 깔렸다. 그러나 어떻게 보면 그것은 해무가 아닌 듯싶기도 했다.
 파도는 보자기를 잡아서 들어 올린 것처럼 무수한 삼각형을 만들어냈다. 바람은 난데없이 돛대를 울리며 불어댔다. 수하물 위에 덮어놓은 돛천 덮개가 펄럭이며 갑판을 때렸다.
"토끼가 날아다닌다. 아, 토끼가!"
 누군가 크게 소리치며 뱃전의 오른쪽 갑판으로 달려갔다.
 그 말소리는 세찬 바람에 금세 흩어져버려서 아무 의미 없는 외침처럼 들렸다.
 어느 틈엔가 온통 바다에, 삼각파도 꼭대기가 하얀 물보라를 날리면서 마치 수많은 토끼 떼가 대초원을 내달리는 듯했다. 그것은 캄차카 '돌풍'의 전조였다.
 갑자기 해류가 빨라졌다. 배의 몸체가 옆으로 밀리기 시작했다. 지금껏 뱃전 오른쪽에서 보이던 캄차카는, 순식간에 왼쪽으로 와 있었다. 뱃전에 남아서 일하던 노동자와 선원은 당황해했다.

머리 위에서 경적이 울려댔다. 다들 멈춰 서서 하늘을 올려다보았다. 바로 그 밑에 있어서인지, 조금 비스듬히 뒤편에서 돌출한, 못 믿을 정도로 어마어마한 목욕통 같은 굴뚝이 흔들렸다. 굴뚝의 불룩하게 튀어나온 곳에 독일 모자처럼 생긴 호각에서 울리는 경적 소리는, 사나워진 폭풍 속에서 왠지 비장하게 들렸다. 저 멀리, 본선에서 떨어져 작업을 하던 똑딱선은 쉴 새 없이 울리는 이 경적 소리에 의지해서, 거센 파도를 무릅쓰고 돌아왔다.

어두운 엔진실 쪽 출구에 어업노동자들과 선원들이 모여서 술렁거렸다. 얼마쯤 기우뚱 배가 위쪽으로 흔들릴 때마다 가끔씩 희미한 빛줄기가 흘러나왔다. 흥분한 그들의 얼굴이 순간순간 떠올랐다가, 사라졌다.

"어떻게 된 거야?"

광부가 그 사이로 끼어들었다.

"아사카와 이 개새끼, 때려죽인다!"

살기마저 감돌았다.

감독은 사실 오늘 아침 일찍, 하쓰코호로부터 십 해리쯤 떨어진 곳에 정박해 있는 ××호한테서 '돌풍' 경계경보를 받았었다. 그 경보엔 만약 똑딱선이 나가 있으면, 빨리 불러들이라고 했다.

그러나 그때, 감독이 '이런 일로 일일이 겁먹으면 캄차카까지 와서 절대로 일 못한다'고 말한 사실이 무전수를 통해서 흘러나왔다.

그 이야기를 맨 처음 들은 어업노동자는 무전수가 아사카와라도 되는 듯 화를 냈다.
"사람 목숨이 도대체 뭐라고 생각하는 거야!"
"사람 목숨?"
"그래."
"그런데, 아사카와는 애당초 너희를 사람이라고 생각 안했어."
뭐라 말하려던 어업노동자는 입을 다물고 말았다. 그의 얼굴은 분노로 붉어졌다. 그는 다들 모여 있는 곳으로 서둘러 뛰어 들어갔다.

사람들은 어두운 얼굴로, 그러나 항의도 못하고 속에서 이글이글 끓어오르는 분노로 흥분된 모습으로 서 있었다. 자기 아버지가 똑딱선을 타고 나가 있는 잡일꾼은, 어업노동자들이 둥그렇게 모여 있는 곁에서 안전부절 못하고 있었다. 돛대 받침대가 끊임없이 소리를 냈다. 머리 위에서 울리는 그 소리를 듣고 있자, 어업노동자의 마음은 무참하게 난도질당하는 기분이었다.

해질녘이 가까워지자, 브리지에서 커다란 함성이 터졌다. 배 밑쪽에 있던 사람들은 사다리를 두 계단씩 건너뛰며 올라왔다. 똑딱선 두 척이 다가왔다. 그 둘은 서로 밧줄로 연결하고 있었다.

---

*브리지_ 배의 상갑판 중앙 전방에 있어, 선장이 항해나 통신 따위를 지휘하는 곳.

똑딱선은 아주 가까이 다가와 있었다. 그러나 큰 파도는 똑딱선과 본선을 번갈아 가며 격렬하게 흔들어대면서 올렸다 내렸다 했다. 잇달아 그 사이에서 거대한 파도가 위아래로 너울거리다 빙빙 돌았다. 똑딱선은 눈앞에 있었지만 쉽사리 가까워지지 않았다. 조바심이 났다. 본선 갑판에서 밧줄을 던졌다. 그러나 밧줄은 똑딱선에 닿지 않았다. 그것은 쓸데없이 물보라를 일으키며 바다로 떨어졌다. 물뱀 같은 밧줄을 끌어당기고, 또 끌어당겼다. 그렇게 몇 번이고 되풀이했다. 이쪽에서 일제히 소리치며 불러 보았지만 아무 대답도 없었다. 어업노동자들의 얼굴 표정은 가면처럼 딱딱하게 굳어져 움직이지 않았다. 눈도 뭔가를 보자마자 그대로 굳어져버린 것처럼 끔벅도 안했다. 그 정경은 어업노동자들의 가슴을, 차마 눈뜨곤 볼 수 없는 처참함으로 후벼 팠다.

또다시 밧줄이 던져졌다. 처음에는 고사리 같은 모양을 한 밧줄은, 던져지자마자 장어처럼 그 끝이 늘어났다. 바로 그때 그것을 잡으려고 양손을 들고 있던 똑딱선 어업노동자의 목덜미를 밧줄이 냅다 후려쳤다. 모두가 "아앗!" 하고 소리쳤다. 그 어업노동자는 갑자기 그대로 옆으로 쓰러졌다. 그런데, 붙잡았다! 밧줄은 팽팽하게 당겨지자, 물방울을 떨어뜨리며 일직선으로 뻗었다. 이쪽에서 보고 있던 어업노동자들은 순간 어깨에 힘이 풀렸다.

돛대 받침대가 줄곧, 바람이 부는 대로 높아졌다 멀어졌다 하면서 삐걱거렸다. 저녁때까지는 두 척을 제외하곤, 그래도 나머지 똑딱선은 모두 돌아올 수 있었다. 똑딱선 어업노동자들은 본선 갑판에 발을 들여놓자마자 그대로 정신을 잃었다. 돌아오지 못한 한 척은 그 배에 물이 가득 차서 닻을 던져놓고, 어업노동자들만 다른 똑딱선으로 갈아타고 돌아왔다. 또 다른 한 척은 어업노동자들과 함께 완전히 행방불명이었다.

감독은 몹시 화가 나 있었다. 몇 번이고 어업노동자들의 선실로 내려왔다가는 다시 올라갔다. 그때마다 다들 태워 죽일 듯한 증오에 찬 시선을, 말없이 감독에게 보냈다.

다음날, 잃어버린 똑딱선을 찾을 겸 게를 쫓아서 하쓰코호는 이동하기로 했다. '인간 대여섯 마리는 아무것도 아니었지만, 똑딱선은 아까웠기' 때문이었다.

아침 일찍부터 엔진실은 정신없었다. 닻을 올릴 때면 배의 흔들림은, 닻 있는 곳의 반대편 선실에 있는 어업노동자들을 콩자반 볶듯이 튕겨 올렸다. 배의 옆구리 쪽 철판은 다 낡아서 배가 흔들릴 때마다 부스스 떨어져나갔다.

하쓰코호는 북위 51도 5분에서, 닻을 던져놓고 어업노동자들만 돌아왔던 제1호 똑딱선을 수색했다. 결빙 조각이 살아 있는 것처럼, 느릿느릿한 파도 물결 사이에서 불쑥 몸통을 드러냈다가 흘러갔다.

여기저기 떨어져 나온 얼음은 그것을 지켜보는 동안에 거대한 무리를 이루고, 거품을 일으키면서 어느 틈에 배를 한가운데로 몰아넣고 둘러싸버릴 때가 있었다. 얼음은 따뜻하고 기분 좋게 수증기를 내뿜어 올리는 듯했다. 하지만 선풍기를 틀어놓은 것처럼 '한기'가 엄습해왔다.

배는 이곳저곳에서 불현듯 바삭바삭 소리를 내며, 물에 젖어 있던 갑판과 손잡이 부분에서 얼음이 생겨 버렸다. 배의 몸체는 하얀 가루라도 뿌려놓은 듯 서리 결정이 반짝반짝 빛났다.

추위를 이기기 위해 선원과 어업노동자는 양쪽 뺨을 눌러가며 갑판을 뛰었다. 배는 뒤쪽으로 기나긴 광야의 외길 같은 흔적을 남기며 돌진했다.

똑딱선은 쉽게 발견되지 않았다.

아홉 시가 가까워질 무렵, 브리지에서 앞쪽에 똑딱선 한 척이 떠 있는 것을 찾아냈다. 그러자 감독은 "젠장, 간신히 찾았네, 빌어먹을!" 하면서 갑판에서 폴짝폴짝 뛰며 기뻐했다.

곧바로 모터보트가 내려졌다. 그런데 그것은 찾고 있던 제1호가 아니었다. 제1호보다는 훨씬 새것인, 제36호라고 번호가 새겨져 있었다. 확실히 ×××호의 쇠로 된 부표浮標가 매달려 있었다. 그 부표는 ×××호가 어딘가로 이동할 때 원래 위치를 표시해두기 위해 놓고 간 것이었다.

아사카와는 똑딱선의 몸통을 손끝으로 톡톡 건드렸다.

"이거 오히려 더 좋은 거다."

감독은 씨익 웃었다.

"끌고 간다."

그렇게 하여 제36호 똑딱선은 윈치로 브리지에 끌려서 올라왔다. 그 똑딱선은 허공에서 흔들리며, 물방울을 뚝뚝 갑판에 떨어뜨렸다. 한 차례 열심히 일했다는 듯 느긋한 태도로 낚아 올리는 똑딱선을 보면서 감독은 이렇게 혼잣말로 중얼거렸다.

"훌륭하다, 훌륭해."

그물을 손질하면서 어업노동자들은 그 모습을 지켜봤다.

"뭐야, 도둑놈! 체인이라도 끊어져서, 저놈 머리 위에 떨어지면 좋겠군."

감독은 일하는 그들 하나하나를, 거기에서 뭔가 찾아내려는 표정으로 내려다보며 그들 곁을 스쳐 지나갔다.

감독이 굵고 탁한 목소리로 목수를 불렀다. 그러자, 다른 갑판 승강구에서 목수가 얼굴을 내밀었다.

"무슨 일입니까?"

자기 짐작이 빗나간 감독은 목수를 돌아보며 화난 얼굴로 외쳤다.

"무슨 일입니까? 멍청한 놈. 번호를 깎아낸다. 대패, 대패."

목수는 잘 모르겠다는 얼굴을 했다.

"빌어먹을, 빨리 와."

어깨가 넓은 감독을 뒤따라, 톱을 허리에 끼우고 대패를 손에 든,

몸집이 작은 목수가 절름발이처럼 비틀거리며 갑판을 건너왔다. 제36호 똑딱선의 '3'자를 대패로 깎아서, '제6호 똑딱선'이 돼버렸다.
"이걸로 됐다. 이걸로 됐어. 아하하하, 자 봐라!"
감독은 입을 세모꼴로 비틀며 기지개를 켜듯 크게 웃어젖혔다.
더 이상 북쪽으로 올라가 봐도, 똑딱선을 찾아낼 가능성이 없었다. 제36호 똑딱선을 끌어올리느라 한곳에 머물렀던 배는, 원래 위치로 돌아가기 위해 완만하고 커다란 커브를 그리기 시작했다.
하늘은 맑게 개어서 씻어낸 듯 깨끗했다. 캄차카의 죽 이어진 산봉우리는 그림엽서에서 본 산들처럼 선명하게 빛나고 있었다.

행방불명된 똑딱선은 돌아오지 않았다. 어업노동자들은, 거기만 물웅덩이처럼 텅 비어버린 선반에서 실종된 그들의 짐과 가족 주소를 찾으며, 저마다 만일의 사태에 금방 대처할 수 있도록 정리했다.
기분 좋은 일이 아니었다. 그 정리를 하면서 어업노동자들은 마치 자신의 아픈 곳을 들여다보는 듯한 아픔을 느꼈다.
보급선이 오면 맡기려고, 아내의 주소가 적혀 있는 소포와 편지가 그들의 짐 꾸러미에서 나왔다. 그들 중 한 사람의 짐 속에서 가타

가나와 히라가나를 섞어서, 연필을 핥아가며 쓴 편지가 나왔다. 그것은 거친 어업노동자의 손에서, 손으로 넘겨졌다. 어업노동자들은 콩을 한 알 한 알 줍듯이 띄엄띄엄, 그러나 뭔가에 빨려 들어가는 심정으로 읽었다. 다 읽고 나면, 싫은 것을 보기나 했다는 듯이 머리를 흔들고 다음 사람에게 넘겼다. 아이에게서 온 편지였다.

콧물을 훌쩍이며 그 편지에서 눈을 떼자, 한 사내가 퍼석퍼석하고 낮은 목소리로 이렇게 말했다.

"아사카와 때문이야. 죽은 게 확실하면, 반드시 복수를 한다."

그 사내는 몸집이 크고 홋카이도의 두메산골에서 여러 가지 막일을 했던 남자였다.

"그 새끼, 한 놈쯤은 때려죽일 수 있을 거야."

어깨가 불거져 나온 젊은 노동자가 더 나직하게 말했다.

"아, 이 편지 때문이야. 깡그리 다 기억나버렸어."

"그렇지," 처음에 말했던 사내였다. "멍청히 있었으면, 우리도 그놈한테 당했을 거다. 남의 일이 아니야."

한구석에서 무릎을 세우고 앉아서, 엄지손가락 손톱을 씹으며 눈을 치뜨고 모두의 말을 듣고 있던 남자는, 그 순간 맞아, 맞아 하며 고개를 끄떡였다.

"모든 일을, 나에게 맡겨둬. 때가 되면, 저 자식을 확 해치워 버릴 테니까."

다들 입을 다물었다. 입을 다문 채, 그러나 안도의 한숨을 내쉬었다.

하쓰코호가 제자리로 돌아온 지 사흘째 되었을 때, 갑자기(!) 행방불명됐던 똑딱선의 어업노동자들이, 아주 건강한 모습으로 돌아왔다.

그들은 선장실에서 '똥통'으로 돌아오자, 순식간에 모든 사람들한테 소용돌이처럼 둘러싸였다.

그들은 '거대한 폭풍우' 때문에, 마침내 버티지 못하고 똑딱선을 조종할 수 없게 되었다. 목덜미를 붙잡힌 아이보다 더 제정신이 아니었다. 가장 멀리 나와 있었고, 거기에 바람은 정반대 방향이었다. 다들 이제 죽었다고 생각했다. 어업노동자는 언제라도 '편안하게' 죽음을 각오하는 일에 '익숙해져 있기' 마련이었다.

그런데(!) 그런 경우는 그렇게 자주 있는 일이 아니었다. 이튿날 아침, 그 똑딱선은 반쯤 물에 잠긴 채 파도에 밀려서 캄차카 해안가에 닿았다. 그리고 모두는 근처의 러시아인에게 구조됐다.

그 러시아인의 가족은 다 합쳐서 네 식구였다. 여자가 있거나, 아이들이 있는 '집'이라는 것에 목말라 있던 그들에게, 거기는 뭐라고 말할 수 없는 매력적인 곳이었다. 친절한 사람들은 여러 가지로 보살펴주었다. 하지만 처음엔 알아들을 수 없는 말을 한다거나, 머리와 눈 색깔이 다른 외국인이라는 사실에 어쩐지 불안했다.

그러나 자기들하고 별다르지 않은, 똑같은 인간임을 금세 알 수 있었다.
 난파당한 사실이 알려지자, 마을 사람들이 많이 모여들었다. 그곳은 일본 어촌과는 많은 것이 달랐다.
 그들은 거기서 이틀간 머물면서 몸을 치료하고 돌아왔다. '돌아오고 싶지 않았다.' 누가 이런 지옥에 돌아가고 싶겠어! 그런데, 그들의 이야기는 이쯤해서 끝나지 않았다. '재미있는 것'은 다른 데 감춰져 있었다.

 돌아오는 날이었다. 그들이 난롯가에서 옷가지를 챙기며 이야기하고 있을 때, 러시아인 네다섯 명이 들어왔다. 그중엔 중국인도 한 사람 섞여 있었다.
 커다란 얼굴에 붉고 짧은 수염이 많이 난, 등이 조금 구부정한 러시아 남자는 갑자기 뭐라 큰 소리로 손짓을 하며 말하기 시작했다.
 똑딱선의 최고참 어업노동자가 자신들은 러시아어를 모른다는 사실을 알리기 위해 그 눈앞에서 손을 흔들어 보였다.
 러시아인이 한마디 하자, 그 입가를 보고 있던 중국인은 일본어로 말하기 시작했다. 그것은 듣는 사람의 머리가 오히려 엉망진창이 돼버릴 듯한, 어순이 뒤바뀐 일본어였다. 말과 말은 술주정뱅이처럼 뿔뿔이 흩어지며 비틀거렸다.
 "당신들, 돈 정말 가지고 있지 않아."

"그렇다."
"당신들, 가난한 사람."
"그렇다."
"그러니까, 당신들, 노동자. 알아?"
"응."
 러시아인이 웃으면서, 그 근처를 어슬렁거렸다. 그리곤 때때로 멈춰 서서 그들을 보았다.
"부자들, 당신들을 이거 한다. (목을 조르는 시늉을 했다.) 부자들 점점 커진다. (배가 불러오는 흉내.) 당신들 무슨 짓을 해도 안 돼, 가난한 사람이 된다. 알아? 일본이라는 나라, 안 돼. 일하는 사람, 이거 (얼굴을 찡그리며, 아픈 사람 같은 표정.) 일하지 않는 사람, 이거. 에헴, 에헴. (뽐내면서 걷는 걸음을 보인다.)"
 그 말은 젊은 노동자들에겐 재미있었다. 그들은 '그렇다, 그렇다!'고 맞장구치면서 웃었다.
"일하는 사람, 이거. 일하지 않는 사람, 이거. (앞서 했던 동작을 되풀이한다.) 그런 거 안 돼. 일하는 사람, 이거. (이번에는 거꾸로, 가슴을 펴고 뽐내는 모습을 보인다.) 일하지 않는 사람, 이거. (늙다리 거지 같은 흉내.) 이거 좋아. 알아? 러시아라는 나라는, 이런 나라. 일하는 사람들만이. 일하는 사람들만이, 이거. (뽐낸다.) 러시아, 일하지 않는 사람 없다. 교활한 사람 없다. 사람 목 조르는 사람 없다. 알아? 러시아 조금도 무섭지 않은 나라. 전부, 전부 거짓말만 하고 다닌다."

그들은 막연하게, 이것이 '무서운' '빨갱이물'이라는 것이 아닐까, 하고 생각했다. 그런데, 이런 것이 '빨갱이물'이라면, 너무 '당연한' 것이라는 기분이 한편으로 들었다. 더군다나 무엇보다도 그 말에 줄곧 이끌려 들어갔다.
"알아, 정말. 알아!"
 러시아인 두세 명이 왁자지껄 떠들어댔다. 중국인은 그 말을 듣고 있었다. 그리고 다시 말더듬이처럼 일본말을 하나, 하나 주워가며 말했다.
"일하지 않고, 돈 버는 사람이 있다. 노동자, 언제나, 이거. (목이 졸리는 시늉.) 이거, 안 돼! 노동자, 당신들, 한 사람, 두 사람, 세 사람…… 백 명, 천 명, 오만 명, 십만 명, 모두, 모두, 이거 (아이들의 손에 손을 잡는 시늉을 한다.) 강해진다. 괜찮아. (팔을 두드리며,) 안 진다, 누구에게도. 알아?"
"응, 응!"
"일하지 않는 사람, 도망간다. (일제히 도망하는 시늉.) 괜찮아, 정말. 일하는 사람, 노동자, 뽐낸다. (당당하게 걷는 걸음을 보인다.) 노동자, 제일 위대하다. 노동자 없으면 모두, 빵 없다. 모두 죽는다. 알아?"
"응, 응!"
"일본, 아직, 아직 안 돼. 일하는 사람, 이거. (허리를 구부리며 움츠리는 모습을 보인다.) 일하지 않는 사람, 이거. (으스대며, 상대를 때려눕히는 시늉.) 그거, 전부 안 돼! 일하는 사람, 이거. (얼굴 모습 무섭게 바뀌며, 덤벼드는 시늉. 상대를 넘어뜨려 짓밟는 흉내.) 일하지 않는 사람, 이거. (도망가는 시늉.) 일본, 일하는 사람만, 좋은 나라. 노동자의 나라! 알아!"

"응, 응, 알아!"

러시아인은 괴성을 지르며, 춤을 출 때처럼 발을 굴렸다.

"일본, 일하는 사람, 한다. (일어서서 칼을 들이대는 시늉.) 기쁘다. 러시아, 모두들 기쁘다. 만세. 당신들, 배로 돌아간다. 당신들의 배, 일하지 않는 사람, 이거. (뽐낸다.) 당신들, 노동자, 이거, 한다! (권투를 흉내 내는 모습. 그리고 손에 손을 잡고, 다시 덤벼드는 시늉.) 괜찮아, 이긴다! 알아?"

"알아!"

어느 틈에 흥분한 젊은 어업노동자는, 갑자기 중국인의 손을 잡았다.

"할 거야, 꼭 할 거야!"

최고참 어업노동자는, 이것이 '빨갱이물'이라고 생각했다. 너무나 무서운 일을 시킨다. 이걸로, 이런 식으로, 러시아가 일본을 감쪽같이 속인다고 생각했다.

러시아인들은 이야기가 끝나자, 무슨 소리를 지르며, 그들의 손을 힘껏 쥐고 흔들었다. 부둥켜안고 뻣뻣한 털로 덮인 얼굴을 비벼대기도 했다. 당황한 일본인은, 목을 뒤로 빼며 어떻게 해야 할지 몰랐다.

　모두는 '똥통'의 입구에 가끔씩 눈길을 주며, 그 이야기를 조금만 더, 조금만 더 재촉했다. 그들은, 지금까지 보고 온 러시아인에 대해 많은 것을 말했다. 그 어느 것도, 흡수지에 빨려드는 것처럼, 모두의 마음속에 스며들었다.
"어이, 이제 그만해."
　최고참은, 다들 이상하게 진지한 얼굴로 그 이야기에 빠져드는 모습을 보고, 열심히 떠들고 있는 젊은 어업노동자의 어깨를 쿡쿡 찔렀다.

4.

 연무가 깔렸다. 언제나 거칠고 기계적으로 움직이는 통풍 파이프, 연통, 윈치의 가로대, 매달려 있는 똑딱선, 갑판의 손잡이 등이 뿌옇게 윤곽을 흐리며, 이제까지 없었던 친근함을 보였다.

부드럽고, 미지근한 공기가, 뺨을 어루만지며 흘러갔다. 이런 밤은 드물었다.

 '윗분'의 갑판 승강구 가까이, 게의 머릿골 냄새가 코를 찔렀다. 그물이 산더미처럼 쌓여 있는 사이에, 어정쩡하게 두 개의 그림자가 서 있었다.

 과로 탓에 심장이 나빠져서 온몸이 푸르스름하게 부어 있는 어업노동자는, 두근거리는 심장소리 때문에 잠을 이룰 수 없어서 갑판으로 올라왔다. 그는 난간에 몸을 기대며, 마치 청각채를 녹인 듯한 끈적끈적한 바다를 무심히 바라보았다. 이런 몸으론 감독한테 살해당할 것 같았다. 그렇다고 해도, 이렇게 먼 캄차카에서, 더구나 땅도 밟아보지 못하고 죽는 것은 너무 외로운 일이었다. 금방 생각에 빠져 들어갔다. 그때, 그물과 그물 사이에, 누군가 있음을 어업노동자는 눈치 챘다.

 게 껍질조각을 어쩌다 밟는 듯한 소리가 났다.

 목소리를 죽인 말소리가 들려왔다.

 그의 눈이 어둠에 익숙해지자, 그 정체가 무엇인지 알 수 있었다. 열네다섯 살짜리 잡일꾼에게 한 어업노동자가 뭔가 말하고 있었다. 무얼 말하는지는 알 수 없었다. 뒷모습을 보이고 있는 잡일꾼은, 싫다고 하는 아이가 토라질 때처럼, 이따금 몸을 다른 쪽으로 틀곤 했다. 그럴 때마다, 어업노동자도 같은 방향을 따라 몸을 틀었다. 그런 모습이 잠시 동안 거듭되었다. 노동자는 얼떨결에

(그런 식이었다.) 목소리를 높였다. 그러나 금세 낮고 빠르게 뭐라고 밀했다. 바로 그때 갑자기 잡일꾼을 꼼짝 못하게 끌어안아 버렸다. 싸움이라고 생각했다. 옷으로 입을 틀어막아서 끙끙거리는 숨소리만 잠깐씩 들려왔다. 그런데, 둘은 그대로 움직이지 않았다.

그 순간이었다. 부드러운 연무 속에서, 잡일꾼의 두 다리가 양초처럼 드러났다. 하반신은 싹다 벌거벗겨져 있었다. 잡일꾼은 그대로 웅크리고 앉는 자세를 취했다. 그러자 그 위로 어업노동자가 두꺼비처럼 들러붙었다. 그 일이 '눈앞'에서, 숨이 턱 막히는 한순간에 일어났다. 지켜보던 그는, 자기도 모르는 사이에 그만 눈을 돌렸다. 취해서, 뭔가에 얻어맞은 듯한 흥분감으로 울렁거렸다.

어업노동자들은 차츰차츰 속에서 부풀어 올라오는 성욕 때문에 괴로워하기 시작했다. 4, 5개월씩 건강한 남자들이 부자연스럽게 '여자'로부터 떨어져 있었다. 하코다테에서 샀던 여자 이야기나, 노골적인 여자의 음부에 관한 이야기는, 밤이면 밤마다 어김없이 나왔다. 한 장의 춘화를 그것이 너덜너덜해져서 종이에 털이 설 정도로, 몇 번이고 빙빙 돌려가며 봤다.

....

이부자리를 펴세요,

여기를 봐줘요,
입을 맞춰요,
다리를 감아요,
마음을 써주세요,
정말로, 이 일은 너무나 힘들어요.

  누군가 노래를 했다. 그러자, 단숨에, 다들 그 노래를 스펀지가 물을 빨아들이듯이 외워버렸다. 무슨 일을 하든지, 금세 그 노래를 불렀다. 그리고 노래를 부르고 나면, "에이, 빌어먹을!" 하면서 소리 질렀다, 눈만 부라리면서.
  어업노동자들은 잠자리에 들면 이렇게 외치면서 몸을 데굴데굴 굴렸다.
  "제기랄, 잠이 안 와! 아무리 해도 잘 수가 없어."
  "안 되겠다. 물건이 서버렸어!"
  "어떻게 하면 좋으냔 말이야!"
  끝내 그렇게 말하며, 불끈 성난 물건을 잡고 알몸뚱이로 일어났다. 커다란 덩치를 한 어업노동자가 그러한 모습을 보이면, 온몸이 긴장감으로 팽팽해지며 어떤 처참한 기분마저 들었다. 깜짝 놀란 학생은, 한구석에서 그 모습을 쳐다봤다.
  몽정을 하는 사람도 몇 명 있었다. 아무도 없을 때, 참을 수 없어 자위를 하는 사람도 있었다. 선반 한쪽에 놓여 있는 더러운 속옷과 음부를 가리는 기다란 천의 훈도시는, 축축하고 쉰 냄새가 나고 둥글게 말려 있었다. 학생은 그것을 길가에 싸질러놓은 똥처럼 밟기도 했다.

그 무렵부터, 잡일꾼한테 그 짓거리를 하기 위해 '수작을 거는' 일이 시작되었다. 어업노동자는 담배를 캐러멜로 바꿔서, 주머니에 두세 갑 넣고 갑판 승강구로 나갔다.

변소 냄새가 나는, 절인 채소 보관실을 요리사가 문을 열면 숨 막힐 듯한 냄새가 확 풍겨 나오는 어둠 속에서, 난데없이 옆에서 한 대 때릴 것처럼 누군가 화를 냈다.

"문 닫아! 지금 들어오면, 너 이 새끼, 때려죽인다!"

무전수는 다른 배의 교신 내용을 듣고, 그 어획량을 낱낱이 감독에게 보고했다. 보고에 따르면, 하쓰코호는 아무래도 다른 배 한테 뒤진다는 사실을 알게 되었다. 감독은 조바심을 내기 시작했다. 그 효과는 바로 나타났다. 어업노동자와 잡일꾼은 전보다 몇 배나 센 노동 강도에 직면했다. 언제나, 그리고 뭐든지 막판에 모든 책임을 떠안는 것은 '그들'뿐이었다. 감독과 잡부장은 일부러 '선원'과 '어업노동자, 잡일꾼'이 서로 일을 놓고 경쟁하게 만들었다. 똑같이 게 잡는 일을 하면서, '선원한테 졌다'고 하면, (자기들이 돈을 버는 일도 아닌데,) 어업노동자와 잡일꾼은 왠지 똥이라도 씹은 듯한 기분이 들곤 했다. 감독은 '손뼉을 치며' 기뻐했다. 오늘은 이겼다, 오늘은 졌다, 이번에는 절대로 안 진다고 하면서, 피를 머금은 듯한 나날이 끊임없이 이어졌다. 한날 하루 만에 오육십 퍼센트나 생산량이 늘었다.

그러나 대엿새 지나다 보면, 양쪽이 모두 맥 빠져서 일의 능률은 부쩍 떨어져갔다. 일을 하다가 자주 고개를 앞으로 떨어뜨렸다. 감독은 아무런 말도 하지 않고, 후려 갈겼다. 불시에 얻어맞은 그들은 자신도 모르게 비명을 질렀다. 다들 서로 경쟁 상대로 여기는지, 말을 잃어버린 사람처럼 한 마디도 하지 않고 일했다. 잡담을 할 만한 여유가 없었다.

감독은 이번에는 경쟁에서 이긴 조에게 '상품'을 주기 시작했다. 불에 잘 타지 않아 연기만 나던 나무는 다시 불이 붙었다.

"아무 생각이 없는 거야."

감독은 이렇게 말하며, 선장실에서 선장을 상대로 맥주를 마셨다.

선장은 살찐 여자처럼 손등에 보조개가 있었다. 그는 익숙한 솜씨로 담배를 탁자 위에다 톡톡 두드리며, 뜻 모를 웃음으로 대답했다. 선장은 감독이 늘 자기 눈앞에서, 알짱알짱 방해하는 듯해서 참을 수 없이 불쾌했다. 그는 어업노동자들이 뭔가 일을 일으켜서, 이놈을 캄차카 바다에 던져버리는, 그런 일이 안 생길까 하고 생각했다.

감독은 '상품' 말고도, 반대로 가장 일이 늦은 사람한테는 '담금질'을 하겠다는 벽보를 붙였다. 철봉을 벌겋게 달궈 몸에 그대로 갖다 댄다고 했다. 그들은 어떻게 해도 도망칠 수가 없는, 마치 자기 자신의 그림자처럼 '담금질'에 내내 쫓겨다니며 일을 했다.

일은 시간이 지날수록 더더욱 심해져 갔다.

사람의 몸뚱이는 언제 그 한계를 느낄까, 그러나 그것은 당사자보다 감독이 더 잘 알고 있었다. 일이 끝나자 다들 통나무처럼 선반 속에 옆으로 쓰러지듯 쓰러져서, 저도 모르게 신음을 내며 끙끙거렸다.

학생 가운데 하나는 어렸을 때 할머니 손에 이끌려갔었던 절이 생각났다. 사찰의 어두운 방 안에서 본 적 있었던 '지옥'의 그림이, 말 그대로 여기에 있다는 것을 알았다. 그것은 어렸었던 그에겐 이무기 같은 동물이, 늪지대를 꿈틀꿈틀 기어가는 모습처럼 보였다. 그것과 완전히 똑같았다. 과로 탓에 오히려 사람들은 쉽사리 잠들지 못했다. 한밤중을 지나자, 갑자기 유리 표면에 상처를 내는 듯한 섬뜩한 느낌의 이를 가는 소리가 들렸다. 잠꼬대와, 가위에 눌리는 듯한 신음이 어두운 '똥통' 이곳저곳에서 들려왔다.

그들이 잠들지 못하고 있을 때, 문득, "용케도, 아직껏 살아 있구나……" 하며 자기 자신의 살아 있는 몸뚱이한테 속삭이듯 말할 때도 있었다. 용케도, 아직껏 살아 있구나. 그렇게 자신의 몸뚱이한테!

학교를 갓 졸업하고 온 학생이 제일 힘들어했다.

"도스토예프스키의 죽음의 집도, 이곳에 비하면 그다지 대수롭지 않을 듯싶어."

 그 학생은 똥이 며칠 동안 막혀 있어서, 수건으로 머리를 힘껏 묶어놓지 않으면 잠을 잘 수 없었다.

"그것도 그러네."

 학생의 말상대는 하코다테에서 가져온 위스키를, 약이라도 마시는 듯 혀끝으로 조금씩 핥고 있었다.

"무엇보다 큰 사업이잖아. 사람이 가보지 않은 풍부한 어장을 개발하는 것이라 힘든 거야. 이 게 공선도 지금은 많이 좋아졌다고 했어. 날씨와 조류 변화를 예측할 수 없었고, 지리를 제대로 잘 알지 못했던 창업 당시엔 얼마나 많은 배가 침몰했는지 모르는데. 러시아 배한테 침몰당하거나, 포로가 되어 살해당해도 굴복하지 않고, 일어서고 또 일어서서 고군분투해왔기 때문에, 이렇게 풍요로운 어장이 우리 손에 들어온 거지. 뭐, 어쩔 수 없는 일이야."

"……"

 역사는 언제나 그렇게 쓰여 있듯이, 그것도 그럴지도 모른다는 생각이 들었다. 그러나 학생의 마음 깊은 곳에선 뭔가 개운치 않은 감정의 응어리 때문에, 기분이 조금도 밝아지지 않았다.

 그는 입을 다물고 베니어판처럼 딱딱해진 자신의 배를 어루만졌다. 약한 전기를 만진 듯해서, 엄지손가락 근처가 찌릿찌릿 저렸다. 싫은 느낌이 들었다. 엄지손가락을 눈앞에서 한 손으로 쓸어보았다. 다들 저녁식사가 끝나자 '똥통' 한가운데 하나 설치해놓은, 금이 많이 가서 덜컹거리는 난로에 모여들었다. 저마다 몸이 얼마쯤 따뜻해지자, 생기가 돌았다. 게 비린내가 열기 탓에 코를 찔러왔다.
"뭔지 이유는 알 수 없지만, 죽고 싶지는 않네."
"그러게 말이야!"
 우울한 기분은 한층 더해져서 거기에 눈사태라도 나듯이 와르르 밀려왔다. 거의 죽을 지경이었다. 다들 어떤 확실한 대상도 없이 그저 화가 나 있었다.
"우, 우리들은, 무, 물건도 아닌데, 제, 제기랄, 주, 죽을 수 없어!"
 말더듬이 어업노동자는 제 자신도 답답한지, 얼굴을 시뻘겋게 붉히며 갑자기 큰 소리로 말했다.
 한순간, 사람들은 침묵했다. 뭔가 가슴속에서 복받쳐 오르는 것을 느꼈다.
"캄차카에서 죽고 싶지 않아."
"……"
"보급선이 하코다테를 출발했다고 하더군. 무전수가 말해줬어."
"돌아가고 싶다."
"돌아갈 수 있을 거 같은가?"
"보급선으로 도망가는 놈이 있대."
"그래, ……좋겠다."

"고기 잡으러 나가는 시늉을 하고 캄차카 육지로 도망가서, 로스케와 함께 빨갱이 선전을 하는 사람도 있다고 하더군."
"……"
"일본을 위해서라고, 참 좋은 명분도 꾸며냈다."
 학생은 가슴의 단추를 풀어헤쳐 계단처럼 움푹 파인 가슴을 내놓고, 하품을 하면서 북북 긁었다. 때가 말라 있어서 얇은 돌비늘처럼 벗겨졌다.
"맞아, 회, 회사의 부자들만, 포, 폴리를 취하는 주제에."
 쳐진 눈꺼풀은 굴 껍데기처럼 층이 진, 힘없고 흐릿한 시선을 난로 위에 멍하니 던지던, 중년을 넘긴 어업노동자가 침을 뱉었다. 침은 난로 위로 떨어지자, 뱅글뱅글 동그랗게 치직거리며 콩처럼 튀어 올랐다. 침은 보고 있는 사이에 작아져서, 그을음보다 작은 앙금을 남기고 사라졌다. 다들 그것을 멀뚱한 눈길로 바라보았다.
"그거, 정말일지도 모르겠네."
 그러나 최고참 어업노동자는 고무바닥 버선의 붉은 천을 뒤집어 난로에 말리면서 이렇게 말했다.
"어이, 어이, 반역 같은 따위는 생각하지 않는 게 좋아."
"……"
"내 맘이야, 제길."
 말더듬이는 입을 문어처럼 쑥 내밀었다.
 고무가 타는 불쾌한 냄새가 났다.

"어이, 아저씨, 고무!"
"응, 아, 탔다!"
 파도가 일었는지, 배의 옆면에서 어렴풋한 소리가 났다. 배는 자장가라도 듣는 듯이 부드럽게 흔들렸다. 썩은 꽈리 같은 희미한 오 촉짜리 전등은 난로를 둘러싼 사람들 뒤쪽으로 그림자를 얼기설기 헝클어놓았다. 조용한 밤이었다. 난로 아가리의 붉은 불꽃은 무릎 아래를 비췄다. 불행했던 자기 일생이, 불현듯, 그건 정말이지 불현듯, 한순간에 스치고 지나갔다. 이상하고 조용한 밤이었다.
"담배 없어?"
"없어……."
"없구나……."
"없었어."
"제기랄."
"어이, 위스키 이쪽에도 좀 돌려봐."
 상대는 네모난 병을 거꾸로 흔들어 보였다.
"아이쿠, 아까워라."
"하하하……."
"여긴 엄청난 곳이야, 그런데 이런 곳에 와버렸어, 나도……."
 그 어업노동자는 도쿄 시바우라芝浦의 공장에서 일했던 적이 있었다. 그곳의 이야기가 흘러나왔다. 그곳은 홋카이도의 노동자들에겐 '공장'이라고 상상도 못할 만큼 '훌륭한 곳'이라는 생각이 들었다.
"여기의 백분의 일이면, 저쪽은 동맹파업이다."
그는 이렇게 말했다.
그 말을 계기로 서로 지금껏 해왔던 여러 가지 일을 드문드문 말하기 시작했다. '국도를 닦는 공사', '관개공사', '철도시설', '항구 축조 매립공사', '탄광 발굴', '개간', '벌목 운반 인부', '청어잡이', 그들은 거의가 이 가운데 어떤 일이든 해봤었다.
내지에서는, 노동자의 힘이 커져서 무리하게 일을 시킬 수 없게 되었고, 시장도 대부분 개척해버리자, 자본가들은 '홋카이도, 사할린으로' 갈고리 같은 손톱을 드러냈다. 그곳에서 그들은 조선과 대만의 식민지와 똑같이, 자기들이 원하는 대로 마음껏 노동자를 '혹사'시킬 수 있었다.
하지만 그 일에 대해서 뭐라고 말할 사람이 아무도 없다는 사실을, 자본가들은 확실히 이해하고 있었다. '국도', '철도시설'의 토목공사장에선, 이를 잡아 죽이듯 아무렇지도 않게 토목공사장의 인부를 때려죽였다. 혹사를 견디지 못하고 도망치다 붙잡히면, 말뚝에 묶어놓고 말 뒷다리로 걷어차게 하거나, 뒷마당 도사견을 풀어서 물어 죽이게 했다.
그 끔찍한 짓을, 사람들이 보는 앞에서 다들 볼 수 있게끔 저질렀다. 갈비뼈가 가슴 속에서 부러지는, '뚝' 하고 뼈가 움푹 꺼지는 소리를 듣고는, '인간이 아닌' 토목공사 인부들마저 자기도 모르는 사이에 이마에 손을 올리는 사람도 있었다.
 까무러치면, 물을 뿌려서 다시 정신이 돌아오게 했다. 그렇게 몇 번이고 거듭했다. 막판엔 도사견의 억센 이빨에 물려서 보자기를 뒤흔드는 것처럼 휘둘리다가 죽었다. 축 늘어진 시체는 광장 구석에 던져졌다. 내팽개쳐졌던 시체의 몸뚱이 어딘가가 꿈틀꿈틀 움직였다. 달군 부젓가락으로 불쑥 엉덩이를 지지거나, 육각봉으로 서 있지 못할 만큼 구타하는 '나날'이었다. 밥을 먹고 있으면, 별안간 뒤쪽에서 날카로운 절규가 들렸다. 잠시 후 사람의 살이 타는 누린내가 흘러나왔다.
"그만, 그만해. 도저히 밥을 먹을 수 없잖아."
 젓가락을 던졌다. 그러나 서로 어두운 얼굴을 쳐다볼 뿐이었다.
 각기병으로 몇 사람 죽기도 했다. 무리하게 일을 시켰기 때문이었다. 죽는다고 해도 '여유가 없어서, 그대로 며칠이고 내버려두었다. 뒤뜰로 나가는 어두컴컴한 곳에, 아무렇게나 덮어놓은 멍석 끝자락에 아이들의 것처럼 묘하게 작아져 있는, 거무스름하고 윤기 없는 두 개의 다리가 보였다.
"얼굴 가득 파리가 들끓고 있었어. 옆으로 지나갈 때, 한꺼번에 와아 하고 날아오르지 않겠어!"
 이마를 탁탁 치며 들어오자 그렇게 말하는 사람도 있었다.
 사람들은 아침에 어두컴컴할 때부터 일터로 내몰렸다. 그리고 곡괭이 끝이 힐끗힐끗 푸르스름하게 빛나고, 주위가 보이지 않을 때까지 일했다. 근처에 세워져 있는 감옥에서 일하는 죄수들이 부러울 지경이었다. 특히 조선인은 십장들에게도, 같은 동료 인부(일본인)들에게도, '짓밟히는' 대우를 받았다.

그곳에서 사오 리나 떨어진 마을에 머물러 있는 순사는, 먼 거리에도 불구하고 가끔 수첩을 들고 조사하러 터벅터벅 걸어서 왔다. 저녁때까지 있거나, 그곳에 머물기도 했다.

그러나 인부들한테는 한 번도 얼굴을 내민 적이 없었다. 그리고 돌아갈 때엔 벌건 얼굴을 하고 있었다. 길 한가운데서 소방훈련이라도 하는 것처럼 소변을 사방에 뿌려대며, 알 수 없는 말을 중얼거리며 갔다.

홋카이도에선 말 그대로, 어떤 철도의 침목도 고스란히 그 하나하나가 노동자의 푸르죽죽하게 살갗이 벗겨진 '시체'였었다. 항구 축조 매립지에선, 각기병에 걸린 인부가 산 채로 '사람 말뚝'처럼 묻혔다. 홋카이도에선 그런 노동자를 '문어'라고 했다.

문어는 자기가 살아가기 위해, 자신의 다리를 먹어버린다. 이거야말로 완전히 똑같지 않은가! 거기에선 누구라도 거리낌 없이 '원시적인' 착취를 할 수 있었다. '돈벌이'를 위해 하나도 남김없이 파헤쳐졌다. 더군다나 그것을 교묘하게 '국가적'으로 부강해질 수 있는, 개발이라는 명분으로 결부시켜서 감쪽같이 합리화했다.

빈틈이라곤 없었다. '국가'를 위해서, 노동자는 '뱃가죽이 등에 붙어' '맞아 죽어' 나갔다.

"거기에서 살아서 돌아온 건, 하늘이 도왔기 때문이야. 감사할 뿐이지. 그렇지만 이 배에서 죽어버리면 똑같잖아. 어떻게 이런 일이!"

그리곤 엄청나게 큰 소리로 웃었다. 그 어업노동자는 웃어버리고 나서, 하지만 눈가에 뚜렷이 드러난 우울한 표정으로 얼굴을 옆으로 돌렸다.

광산에서도 마찬가지였다. 새롭게 산에다 갱도를 팠다. 그곳에서 어떤 가스가 나올지, 어떤 터무니없는 변화가 일어날지 조사하고 확실히 알아보기 위해, 자본가는 '모르모트'보다 싼값에 살 수 있는 '노동자'를, 육군대장 노기 마레스케가 했던 것과 똑같은 방법으로, 잇달아 번갈아가면서 집어넣었다가는 아주 쉽게 버렸다. 코푸는 종이만도 못하게 너무나 쉽게!

'참치'회 같은 노동자의 고깃덩어리가, 갱도 벽에 몇 겹이고 거듭거듭 쌓여서 단단해져갔다. 도시에서 떨어져 있는 것을 빌미로, 그곳에서도 무서운 일이 일어났다. 갱차로 운반한 석탄 속에는 엄지손가락과 새끼손가락이 토막토막 나서, 끈적끈적하게 달라붙고

---

*노기 마레스케_ 러·일 전쟁을 승리로 이끈 육군 대장으로, 일본에선 군신軍神으로 추앙 받는다. 메이지 유신으로 유명한 명치천황이 죽자, 그 장례일에 도쿄 자택에서 자기 아내를 죽이고 자결했다. 편집자 주.

섞여 있을 때가 있었다. 여자와 아이들은 그런 일에도 눈썹 하나 까닥 안했다. 그런 일에는 '익숙해져 있었다.' 그들은 무표정하게 그 갱차를 다음 장소까지 밀고 갔다. 그 석탄은 거대한 기계를, 자본가의 '이윤'을 위해서 움직였다.

어떤 광부도, 오랫동안 감옥에 있었던 사람처럼, 윤기 없이 누렇게 부어 있었다. 늘 얼이 빠진 사람 같은 얼굴을 했다. 햇빛 부족과 탄가루, 유해가스가 섞여 있는 공기나 온도와 기압의 이상으로, 눈에 띄게 신체는 이상해져 갔다. '칠팔 년쯤 광부로 일하고 나면, 대충 사오 년이나 줄곧 깜깜한 바닥에서, 단 한 번도 태양을 보지 못하는 셈이 된다. 사오 년이나!' 그러나, 무슨 일이 생겼다고 해도, 대신할 노동자를 늘 충분히 사들일 수 있는 자본가는, 그런 일은 아무래도 좋았다. 겨울이 오면, '언제나처럼' 노동자는 그 광산으로 흘러들어갔다.

거기에다 '이주 농민', 홋카이도에서는 '이민 농민'이 있었다. '홋카이도 개척', '인구식량 문제해결, 이민 장려', '이민 성금' 등, 좋은 말만 늘어놓는 선전 영화를 이용하여, 논밭을 빼앗길 만한 내지의 가난한 농민들을 부추겨서, 이민을 장려하고, 그들을 조금만 파봐도 흙바닥이 점토뿐인 땅에다 버려두었다. 비옥한 토지엔, 벌써 팻말이 세워져 있었다. 눈 속에 파묻혀 있는 감자도 먹지 못하고, 이듬해 봄에 굶어 죽는 일가一家도 있었다. 그것은 '사실' 내내 있었던 일이었다. 눈 녹을 때가 되어, 한 리쯤 떨어진 '이웃 사람'이 찾아와서, 맨 처음 그 일을 알게 되었다. 시체의 입속에서 반쯤 먹다 만 볏짚 부스러기가 나오기도 했었다.

드물게 굶어 죽지 않고 살아남아도, 십 년이나 걸려서 거친 땅을 일구어 가까스로 평범한 밭이 되었다고 생각할 즈음엔, 실은 그 땅은 틀림없이 '외지인'의 손 안으로 들어가게끔 되어 있었다.

자본가, 말하자면 고리대금업자, 은행가, 상류층, 큰 부자가 거짓말 같은 푼돈을 빌려주고 나서 (던져주고 가만히 내버려두면) 황무지는, 윤기 나는 검정고양이의 털처럼 기름진 땅으로 바뀌었고, 확실하게 자기들의 것이 되었다. 그런 일을 흉내 내서, 쉽사리 돈을 벌려는 영악한 인간도 홋카이도로 들어왔다. 농민들은 저기에서도, 여기에서도 자신의 땅을 빼앗겨버렸다. 그리고 마침내, 그들은 내지에서 그랬던 것처럼 '소작인'이 되고 말았다. 그때서야 농민은 비로소 자기가 '당했다'는 사실을 깨달았다.

그들은 조금이라도 돈을 만들어 고향마을로 돌아가려는 생각으로, 쓰가루津輕해협을 건너서, 눈 많은 홋카이도에 찾아왔다. 게 공선은 그렇게, 자신의 토지를 '타인'에게 빼앗기고 온 사람들이 많이 있었다.

산에서 벌목한 목재를 운반하는 인부는 게 공선의 어업노동자와 처지가 비슷했다. 감시를 받는 오타루의 하숙집에서 빈둥빈둥 지내다가, 사할린이나 홋카이도의 산골에 배로 끌려갔다. 자칫 발이 미끄러지면, 쿵쿵 땅을 울리며 굴러 떨어지는 각재 밑에

깔려, 전병과자보다도 더 납작하게 짜부라졌다. 목재를 윈치로 배에 실을 때, 나무껍질이 물에 불어 있는 목재에 잘못해서 한 대 맞기라도 하면, 머리가 으깨진 인간은 벼룩보다도 더 가볍게 바다 속에 처박혔다.

내지에서는, 언제나 잠자코 있었던 노동자들이 하나가 되어, 자본가에게 반항했다. 하지만 '식민지'의 노동자는, 그런 형편에서 완전히 '차단'되어 있었다.

힘들어서, 너무나 힘이 들어서 참을 수가 없었다. 그러나 구르면 구를수록 눈사람처럼 불어나는 고통을 떠안게 되었다.

"어떻게 될까……?"
"우릴 죽일 거야, 잘 알고 있잖아."
"……"

뭔가를 말하고 싶은 듯했다. 그렇지만 꾹 참은 채 다들 입을 다물고 말았다.

"주, 주, 죽기 전에, 우리가 먼저 죽이면 되잖아."
말더듬이가 무뚝뚝하게 내뱉었다.

철썩거리며 느릿느릿 파도가 배의 옆구리에 부딪쳤다. 상갑판 어딘가 파이프에서 증기가 새는 듯, 뚜 뚜우 뚜우 하고 쇠주전자의 물이 끓는 듯한 부드러운 소리가 끊임없이 났다.

잠자리에 들기 전에, 어업노동자들은 더러워져서 오징어처럼 흐물흐물해진 속옷과 남방셔츠를 벗어 난로 위쪽에다 널었다.

난로를 둘러싸고 있던 사람들은 몸을 뜨겁게 덥힌 뒤에 픽픽 쓰러졌다. 난로 위로 이와 빈대가 떨어지자 톡톡 소리를 내며, 사람이 탈 때처럼 비릿한 냄새가 났다. 뜨거워지자 가만히 있지 못하게 된 이가, 셔츠의 솔기에서 가늘고 많은 다리를 열심히 움직여서 기어 나왔다. 손가락으로 한 놈을 집어 들자, 기름기 많은 피부를 가진 쬐고만 몸의 감촉 때문에 오싹해졌다. 사마귀 같은 섬뜩한 머리에 눈에 띄게 살찐 놈도 있었다.
"이봐, 저 끝자락 좀 잡아봐."
 누군가는 훈도시의 한쪽 끝자락을 다른 사람한테 붙들게 해서 펼쳐가며 이를 잡았다.
 어업노동자는 이를 입에 넣고 앞니로 소리 내면서 터트리거나, 엄지손가락의 두 손톱이 빨갛게 될 때까지 이를 잡았다. 아이가 더러운 손을 곧바로 옷에 닦듯이, 작업복 옷자락에다 손을 닦고는 또다시 이를 잡기 시작했다. 그래도 쉬이 잠잘 수 없었다.
 어디서 기어나오는지 밤새도록 이와 벼룩, 빈대한테 물어뜯겼다. 아무리 별짓을 다 해봐도 그것들을 물리칠 수 없었다. 어둡고 구질구질한 선반에 서 있으면, 금세 스멀스멀 벼룩 수십 마리가 기어 나왔다. 막판엔 자기 몸 어딘가 썩은 게 아닐까 생각했다. 구더기와 파리에 둘러싸여 썩어 문드러진 '시체'가 아닐까 하는 불안감을 느꼈다.
 목욕물은 처음엔 하루걸러 데웠다. 몸에서 비린내가 나고 더러워져서 씻지 않으면 배길 수 없었다. 그러나 일주일쯤 지나자, 일주일에 한 번. 그리고 마침내 한 달에 두 번꼴이 되고 말았다. 물을 낭비하는 것을 막기 위해서였다. 하지만 선장과 감독은 날마다 목욕을 했다. 그것은 낭비가 아니었다! 게 국물로 어업노동자의 몸은 더러워졌다. 그대로 며칠씩 내내 있으면 이와 빈대가 생기지 않을 리 없었다.

훈도시를 풀면 검은 알들이 떨어졌다. 훈도시를 묶었던 곳에는, 붉게 자국이 남아 있어 복부에 동그라미를 만들었다. 그곳이 참을 수 없을 만큼 가려웠다. 자고 있으면 북북 마구 긁어대는 소리가 여기저기에서 들려왔다. 스멀스멀 쬐꼬만 벌레 같은 것이, 몸 아래쪽에서 잽싸게 움직인다고 느끼는 순간 물렸다. 그럴 때마다 어업노동자는 몸을 구부리고 뒤척였다. 그러나 이내 똑같았다. 그 짓이 아침까지 줄곧 이어졌다. 살갗은 옴이 옮은 것처럼 거칠거칠했다.

"이놈의 이가 사람 잡네."

"그러게 말이야."

어업노동자는 어쩔 수 없이 웃고 말았다.

5.

 허둥거리며 어업노동자 두세 명이 갑판을 달리고 있었다. 그들은 모퉁이에서 잽싸게 방향을 틀지 못하고, 비틀대며 난간을 붙잡았다. 윗분들의 객실 갑판에서 손질을 하던 목수가 허리를 펴며, 어업노동자가 뛰어가는 곳을 보았다. 차가운 바람을 맞은 목수의 눈에서 눈물이 흘러나와 처음엔 잘 보이지 않았다. 그는 얼굴을 옆으로 돌려 거칠게 코를 잡고 풀었다. 콧물이 바람에 날려 비틀어진 선을 그리며 흩어졌다.

객실 갑판의 좌현 윈치가 와르르 하고 움직이는 소리를 냈다. 다들 게를 잡으러 바다에 나가 있는 지금, 그것이 움직일 리 없었다. 윈치엔 뭔가 매달려 있었다. 그것은 흔들리고 있었다. 매달고 있는 쇠밧줄은, 그 수직선 둘레를 천천히 원을 그리며 돌았다.

"저건 뭐야?"

그때 목수의 심장이 철렁했다.

그는 당황한 듯, 다시 또 옆쪽으로 코를 풀었다. 그새 바람이 바뀌어 콧물은 바지에 떨어졌다. 걸쭉하고 연한 콧물이었다.

"또 시작이네."

목수는 눈물을 연거푸 팔로 닦아서 시선을 바로잡았다.

이쪽에서 보면, 이제 막 비가 갠 듯한 은회색 바다를 뒤로 하고, 툭 튀어나온 윈치 가로대에, 완전히 몸이 묶여서 매달려 있는 잡일꾼이 확실히 거무스름하게 떠올라 있었다. 윈치의 끝머리 근처까지 올려져 있었다. 그는 마치 걸레조각이라도 걸려 있는 것처럼, 마냥 이십 분이나 매달려 있었다. 그리고 내려졌다. 몸을 움츠려서 버둥거리는 듯, 그 두 다리는 거미줄에 걸린 파리처럼 움직였다.
 이윽고 그는 바로 앞에 있는 객실 그늘에 가려 보이지 않게 되었다. 일직선으로 늘어진 쇠밧줄만이 이따금 그네처럼 흔들거렸다.
 눈물이 코로 들어가는지 어쩐지, 콧물이 잇달아 나왔다. 목수는 또다시 코를 풀었다. 그런 다음 바지춤에 찬 망치를 꺼내 들고 일하기 시작했다.
 목수는 문득 귀를 기울이다가, 돌아보았다. 쇠밧줄은 누군가 밑에서 흔드는 것처럼 흔들렸고, 둔탁하고 불안한 소리는 그곳에서 들려왔다.
 윈치에 매달려 있던 잡일꾼은 얼굴색이 변해 있었다. 시체처럼 딱딱하게 굳어진 입술에서 거품을 흘렸다.
 그 잡일꾼이 윈치에서 내려질 때, 잡부장은 장작을 옆구리에 끼운 채 한쪽 어깨를 추어올린 우스꽝스러운 동작으로, 갑판에서 바다를 향해 오줌을 누고 있었다. 저걸로 때렸구나, 목수는 장작을 힐끔 쳐다보았다. 오줌은 바람이 불 때마다 갑판 끝머리에 떨어져 튀어 올랐다.

 어업노동자들은 날마다 이어지는 과로 탓에, 차츰 아침에 일어날 수 없게 되었다. 감독은 석유 깡통을 자고 있는 그들의 귓가에 대고 두들기며 돌아다녔다.

그들이 눈을 뜨고 일어나기 전까지 감독은 마구 깡통을 두들겼다. 각기병에 걸린 사람이 머리를 반쯤 들어서 뭐라 말했다. 하지만 감독은 못 들은 척하고 빈 깡통을 두들겼다. 그 말소리가 들리지 않아서, 금붕어가 물 위로 나와서 숨을 쉴 때처럼 입만 뻐끔뻐끔 움직이는 모습이 보였다. 깡통을 한참 두들기고 나자, 감독은 이렇게 큰 소리로 호통을 쳤다.
"이건 뭐야, 두들겨 패서라도 깨우겠다! 아무리 천하다고 해도 이 일이 국가적으로 중요한 일인 만큼, 전쟁과 똑같다. 죽을 각오로 일해! 멍청한 놈."
 병자는 모두 이불을 빼앗기고 갑판으로 쫓겨났다. 각기병자는 계단에 발끝이 걸려 넘어질 뻔했다. 그는 난간을 붙잡고 몸을 비스듬히 기울여서, 자신의 발을 자기 손으로 들어 올리며 계단을 올라갔다.
 감독도, 잡부장도 병자한테는 의붓자식 대하듯 사납게 굴었다. 병자가 게살을 통조림통에 채우고 있으면, 그를 갑판으로 내몰아서 게 발톱을 다지는 일을 시켰다. 그 일을 잠깐 하고 있으면 이번에는 통조림통에 종이를 붙이게 했다.
 차가운 바닥에, 어둑어둑한 공장 안에서 미끄러운 발밑을 신경 쓰며 서 있다 보면, 무릎 아래로는 의족을 만지는 것보다 더 무감각해졌다. 그러다가 갑자기 무릎 관절이 어긋난 듯 아무런 감각도 없이 비실비실 맥없이 주저앉을 것만 같았다.

학생이 게를 깨뜨리는 일 때문에 더러워진 손등으로 이마를 가볍게 두드리고 있었다. 그것도 잠시, 학생은 그대로 옆으로 넘어질 뻔하다가 뒤쪽으로 쓰러지고 말았다.
 그 순간, 옆에 쌓아놓은 빈 깡통들이 엄청난 소리를 내며 쓰러진 학생 위로 무너져 내렸다. 그것들은 배가 기우는 대로 기계 밑과 짐 사이로 번쩍이면서 굴러다녔다. 동료들이 깜짝 놀라서 학생을 갑판 승강구로 데려가려고 했다. 바로 그때 휘파람을 불면서 공장으로 내려오는 감독과 마주쳤다. 감독은 그들을 보자 이렇게 말했다.
 "누가 일을 멈추라고 했어!"
 "누가……."
 울컥 화가 치민 한 사람이 감독을 어깨로 들이받을 것처럼 말했다.
 "누가아~? 이 자식이, 다시 한 번 말해봐!"
 감독은 주머니에서 권총을 꺼내어, 장난감처럼 빙빙 돌렸다. 그리고 난데없이 커다란 목소리로, 입은 세모꼴로 일그러뜨리며 발돋움이라도 하듯 몸을 흔들면서 웃음을 터트렸다.
 "물 가져와!"
 감독은 물이 가득한 통을 받아들고 침목처럼 바닥에 내버려둔 학생의 얼굴에다, 한꺼번에 그것을 들이부었다.
 "이걸로 됐어. 쓸모없는 놈은 봐줄 필요도 없어, 가서 일이나 해!"

 이튿날 아침 잡일꾼이 공장으로 내려갔을 때, 선반 기계의 쇠기둥에 어제 그 학생이 묶여 있었다. 목을 비튼 닭처럼 고개를 가슴에 푹 숙인 채, 등줄기 끝에서 큼직한 관절 하나가 움푹 들어간 모습이 보였다. 그리고 아이의 앞치마처럼 그 학생의 가슴에, 틀림없이 감독의 글씨체로 다음과 같이 씌어진 판지가 매달려 있었다.

> '이놈은 불충을 저지른 꾀병환자이므로,
> 포승줄 풀어주는 것을 금함.'

 학생의 이마에 손을 갖다 대자, 차가운 쇠를 만지는 것보다 싸늘했다. 잡일꾼들은 공장으로 들어가면서 웅성웅성 떠들썩했다. 그렇지만 아무도 학생에게 말을 걸어보려고 하는 사람이 없었다. 그들을 뒤따라 잡부장이 내려오는 소리가 들리자, 그들은 학생이 묶여 있는 기계로부터 두 갈래로 나뉘어 제가끔 담당구역으로 움직여 갔다.
 게 잡는 일이 한창 바빠지면서 더더욱 심하게 사람들을 부려먹었다. 앞니가 부러져서 온종일 '피가 섞인 침'을 뱉어내는 사람도 있었고, 어떤 사람은 과로로 작업 중에 까무러치거나 눈에서 피가 나기도 했고, 또 다른 사람은 죽도록 따귀를 얻어맞고 귀가 들리지 않게 되기도 했다.

너무나 몸이 지친 탓에 다들 술에 취했을 때보다도 더 정신을 못 차렸다. 작업을 끝마칠 시간이 되면, "이젠 살았다" 하고 긴장이 풀리면서 한순간 어질어질 현기증이 나기도 했다.

모두가 일을 끝낼 채비를 할 즈음에, 감독은 이렇게 소리치며 돌아다녔다.

"오늘은 아홉 시까지다. 이 새끼들, 일을 끝낼 때만 손이 빨라지잖아!"

다들 고속도 사진처럼 느릿느릿 몸을 움직이기 시작했다. 그렇게밖에는 아무런 힘도 남아 있지 않았다.

"잘 들어, 여기는 두 번, 세 번 나갔다가 다시 돌아올 수 있는 곳이 아니란 말이다. 게다가 언제나 게가 잡히는 것도 아니야. 그런데 하루 일이 열 시간, 열세 시간이라고, 거기에 딱 맞춰서 그만두다니, 천만에 어림도 없다. 일의 성질이 달라. 잘 들어, 그 대신 게가 잡히지 않을 때는, 너희가 아까울 만큼 한가하게 놀게 해준다."

감독은 '똥통'에 내려와서 이렇게 말하기도 했다.

"로스케는 말이야, 물고기가 눈앞에서 떼 지어 있어도, 시간이 되면 하던 일을 냉큼 내던져버린다. 그렇기 때문에, 바로 그런 마음가짐 탓에 러시아는 저 꼴이다. 일본 사나이들은 결코 흉내 내선 안 되는 일이다!"

 뭐라고 하는 거야, 저 사기꾼! 이렇게 생각하며 안 듣는 사람도 있었다. 그러나 사람들 거의가 감독이 그렇게 말하자 일본인은 역시 다르다고 생각했다. 마침내 자신들이 매일같이 겪는 잔혹한 고통이, 어떤 '영웅적'인 것으로 보였고, 그것이 그나마 모두에게 최소한 위로가 되었다.

 갑판에서 일하고 있으면, 수평선을 가로질러 남하하는 구축함이 자주 눈에 띄었다. 그 후미에 일본 국기가 펄럭이는 모습이 보였다. 어업노동자들은 흥분해서, 눈물을 글썽이며 모자를 손에 쥐고 흔들었다. 저것뿐이다. 우리 편은 저것뿐이라고 생각했다.
"빌어먹을, 저걸 보고 있으니 자꾸 눈물이 나오려고 그러네."
 구축함이 차츰차츰 작아져서 연기에 쌓여 보이지 않을 때까지 바라보았다.

 걸레조각처럼 녹초가 되어 돌아오면, 다들 한마음이라도 된 듯 누가 들으랄 것도 없이, 그저 "제기랄." 하면서 고함쳤다. 어둠 속에서 그 소리는 증오로 가득 찬 황소의 신음을 닮아 있었다.

 딱히 누구랄까 그들은 스스로 알지 못했지만, 날마다 같은 '똥통' 속에 있으면서 이백 명 가까이 되는 사람들이 서로 통명스럽게 말을 주고받는 사이에, 눈에 띄지 않게 생각하는 것, 말하고 행동하는 것이 (달팽이가 땅바닥을 기어가는 만큼 느리지만) 얼추 비슷해져 갔다.

그 같은 흐름 속에서도, 물론 한곳에 머물러 제자리걸음하는 사람이 생기거나, 다른 방향으로 벗어나는 중년의 어업노동자도 있었다. 그러나 스스로 아무것도 깨닫지 못하는 동안에, 자연스럽게 그렇게 돼버려서, 어느 틈엔가 뚜렷이 나뉘어져 갔다.

아침이었다. 사다리를 느릿느릿 올라가며, 탄광 출신의 남자가 이렇게 말했다.

"아무래도 더는 못하겠다."

어제는 열 시 무렵까지 일을 해서 몸이 고장 나려고 하는 기계처럼 삐걱삐걱했다. 그는 사다리를 올라가면서 깜박 잠이 들었다. 뒤에서 "이봐." 하는 소리를 듣자 그는 엉겁결에 손과 발을 움직였다. 그러다가 그만 발을 헛디뎌서 몸이 기우뚱하며 앞으로 고꾸라졌다.

작업을 시작하기 전에, 다들 공장에 내려가 한구석에 모였다. 누구나 하나같이 진흙인형 같은 몰골이었다.

"난 게으름을 피울 거야. 더 이상 일할 수가 없어."

탄광 출신이 말했다.

저마다 입을 다문 채 얼굴을 씰룩였다.

잠시 후,

"불로 지질 텐데 말이야……."

누가 이렇게 말했다.

"꾀부려 게으름 피우는 게 아니야, 일할 수 있는 몸이 아니라구."
 탄광 출신이 소매를 팔뚝 위로 걷어붙이며 다들 보는 앞에서 여봐란듯이 폼을 잡았다.
"길게 끌 것도 아니야. 나는 말이야 꾀를 부려 게으름 피우는 게 아니야."
"그것도 그렇다."
"……"
 그날 감독은 볏을 빳빳하게 세운 싸움닭처럼 공장을 쏘다녔다.
"무슨 일이야, 무슨 일이냔 말이야!"
 하고 감독은 고래고래 소리를 질렀다.
 하지만 느릿느릿 일하는 사람은 한두 명이 아니고, 여기저기 거의가 그랬다. 감독은 다만 안절부절못하며 돌아다닐 수밖에 없었다. 어업노동자들도, 선원도 그런 모습의 감독을 보는 일은 처음이었다.
 상갑판에는 그물에서 빼낸 게가 수없이 부스럭부스럭 기어다니는 소리가 났다. 물 흐름이 나쁜 하수도처럼 작업은 자꾸자꾸 쌓여갔다. 그러나 '감독의 곤봉'은 아무런 도움도 되지 않았다!
 작업을 끝마치고 나서 푹 삶아진 듯한 수건으로 목을 닦으며, 다들 줄줄이 '똥통'으로 돌아왔다.
 서로 얼굴을 마주보자 저절로 웃음이 나왔다. 왜 그런지도 모른 채 웃겨서, 너무나 웃겨서 어쩔 줄 몰라 했다.

그것은 선원들에게도 펴져갔다. 선원과 어업노동자를 서로 이간질 시켜놓고, 양쪽을 적당히 바보로 만들었다는 사실을 알게 되자, 선원들도 때때로 '태업怠業'을 하기 시작했다.

"어제는 지나치게 일했으니까, 오늘은 태업이다."

일하기에 앞서, 누군가 그렇게 말하면 모두 따랐다. 그러나 '태업'이라고 해도, 단지 몸이 조금 편하게 되는 정도일 뿐이었다.

몸에 이상이 없는 사람은 하나도 없었다. 여차하면 '어쩔 수 없이' 하는 거야. 어느 쪽이든 '죽임을 당하긴' 마찬가지야. 그런 생각을 다들 하고 있었다. 다만 이제는 참을 수 없었다.

"보급선이다! 보급선이다!"

상갑판에서 외치는 소리가 아래까지 들려왔다.

다들 제각기 '똥통'의 선반에서 누덕누덕한 옷차림 그대로 벌떡 일어나 뛰어내렸다.

보급선은 어업노동자와 선원을 '여자'보다도 더 빠져들게 만들었다. 그 배만은 소금 냄새가 아닌 하코다테의 냄새가 났다. 몇 개월씩, 몇 백일이고 밟아보지 못한, 저 움직이지 않는 '흙'냄새를 풍겼다. 그뿐 아니라 보급선에는 부친 지가 한참 된 편지, 셔츠, 속옷, 잡지 등도 함께 있었다.

---

*태업_ 노동쟁의의 한 가지 수단. 겉보기엔 일을 하면서도 일부러 작업을 느리게 하여 생산성과 업무 능률을 떨어뜨린다. 편집자 주.

그들은 게 비린내 나는 뼈마디가 울뚝불뚝한 손으로 소포를 꽉 움켜쥐고, 부리나케 '똥통'으로 뛰어 내려갔다. 그리고 선반에 책상다리를 하고 앉아, 그 위에다 소포를 풀었다. 여러 가지 물건이 쏟아졌다. 어머니가 곁에서 불러주고 받아쓰게 한, 자기 아이가 서투른 글씨로 쓴 편지와, 수건, 치약, 이쑤시개, 휴지, 옷가지, 그런 것들 사이에서 생각지도 못했던 아내의 편지가, 무게에 눌린 탓에 아주 납작해져서 나왔다. 그들은 그 물건에서 육지에 있는 '우리 집' 냄새를 맡으려 했다. 젖내 나는 아이의 냄새와, 물씬 풍기는 아내의 살 냄새를 찾았다.

....
씹 고파서 죽겠네,
서푼짜리 우표로 보낼 수 있다면야,
통조림에 담아 보내줄랑가!

누군가 쓸데없이 큰 소리로 '속된 민요'를 불러댔다.

---

*스토통부시ストトン節_ '스토통'이라고 하는 말을 추임새로 썼던 민요풍 일본 노래로써, 본문에선 '속된 민요'로 번역하였다. 편집자 주.

아무것도 받지 못한 선원과 어업노동자는 바지주머니에 막대기처럼 손을 찔러 넣고 돌아다녔다.
"네가 없는 동안, 틀림없이 남자를 불러들였을 거다."
빈손인 그들은 모두에게 놀림을 당했다.
어둑한 구석에 얼굴을 돌려놓고 다들 왁자지껄 떠드는 모습에는 아랑곳하지 않고, 몇 번이고 손가락을 접었다 폈다 하면서 골똘히 생각에 잠긴 어업노동자가 있었다. 그는 보급선으로 온 편지에서 아이가 죽었다는 소식을 읽었다. 두 달 전에 자기 아이가 죽은 것도 모르고 지금까지 있었다. 편지에는 무선 전보를 부탁할 돈이 없었다고 쓰여 있었다. 저 사람이 왜 저러지, 할 정도로 그 사내는 언제까지나 말이 없었다.
그러나 그와는 처지가 정반대인 사람도 있었다. 흐물흐물한 문어 새끼 같은 갓난아기 사진이 편지에 들어 있기도 했다.
"이 아기인가."
그는 갑자기 괴상한 소리를 지르면서 웃기 시작했다. 그리고는
"이봐 어때, 우리 아기가 태어났단 말이야."
하면서 일부러 한 사람 한 사람에게 싱글벙글 자랑하고 돌아다녔다.
소포에는 보잘것없지만, 아내가 아니면 할 수 없는, 그 섬세한 마음 씀씀이를 알 수 있는 물건이 들어있기도 했다. 그런 때는, 누구라도 갑자기 마음이 뒤숭숭해지기 마련이었다. 그리고 다만 무작

정 집에 돌아가고만 싶었다.

  보급선에는 회사에서 파견한 활동사진대가 타고 있었다. 완성된 통조림을 보급선에 옮겨 실은 그날 밤에, 본선에서 무성영화를 상영하게 되었다.

  평평한 사냥 모자를 비스듬히 쓰고, 나비넥타이에 굵은 바지를 엇비슷하게 차려입은, 젊은 사내 두세 명이 짐 가방을 무거운 듯이 들고서 본선으로 건너왔다.

"냄새, 아유 냄새!"

  그렇게 말하면서 사내들은 윗도리를 벗고, 휘파람을 불어가며 막을 치거나 거리를 재고 받침대를 설치했다. 어업노동자들은 그 사내들에게서, 뭔가 바다스럽지 않는, 자기들과 다른 것을 느끼며, 그것에 강하게 끌렸다. 선원과 어업노동자는 왠지 마냥 들뜬 채로 그들의 준비를 도왔다.

  가장 나이가 많고 천박해 보이는, 큼직한 금테 안경을 쓴 남자가 조금 떨어진 곳에 서서 목둘레의 땀을 닦고 있었다.

"변사님, 그런 곳에 서 있으면, 발밑에서 벼룩이 튀어 올라옵니다요."

"저런!"

  그는 달궈진 철판이라도 밟은 듯 뛰어올랐다.

  보고 있던 어업노동자들이 와 하고 웃었다.

"그렇지만 여긴 너무 심한 곳이야!"

목이 쉬고 짤랑짤랑한 말소리였다. 그것은 역시 변사다웠다.

"잘 모르겠지만, 이 회사가 여기에 올 때마다 도대체 얼마나 번다고 생각해? 대단해. 자그마치 육 개월에 오백만 엔이다. 일 년에 천만 엔이야. 입으로 천만 엔이라고 말하면 그뿐이지만 정말 대단한 거다. 게다가 주주에게 2할 2푼 5리라는 터무니없는 배당을 하는 회사는, 아마 일본에서도 별로 없을 거야. 이번에 사장이 국회의원이 된다고 하니, 더할 나위 없지. 역시, 이런 식으로 혹독하게 하지 않으면 돈을 벌 수 없을 거야."

밤이 되었다.

'일만 상자 축하'를 겸해서, 청주와 소주, 오징어, 야채조림, 담배, 캐러멜이 모두에게 나눠졌다.

"자, 아저씨한테 와봐라."

잡일꾼은 어업노동자와 선원 사이에서 인기가 좋아 서로 끌어가려고 했다.

"포근하게 껴안아줄게."

"위험해, 위험해! 나한테 오라니까."

그렇게 왁자지껄 한동안 실랑이가 이어졌다.

앞줄에 네댓 사람이 갑자기 박수를 쳤다. 다들 영문도 모르고 그 뒤를 따라 손뼉을 쳤다. 감독은 하얀 현수막 앞으로 나왔다. 허리를 펴고 두 팔은 뒷짐을 진 채, '여러분'이나 '저로 말하자면'과 같은,

평소에는 입에서 꺼낸 적도 없는 말이 튀어나오거나, 또 언제나처럼 '일본 사나이'라든가, '부강한 나라'라는 말을 했다. 거의가 듣고 있지 않았다. 모두가 관자놀이와 턱뼈를 움직이면서 '오징어'를 씹고 있었다.

"그만해, 그만해!"

뒤에서 소리쳤다.

"너 같은 건 들어가! 변사가 필요해, 변사가."

"육각봉이 더 어울린다!"

모두 와 하고 웃었다. 휘파람을 휘익 하고 불거나 일부러 손뼉을 쳤다.

그러자 감독도 거기에선 화내지 못하고, 얼굴을 붉히고 뭐라 말하며 (모두가 소란을 피워서 들리지 않았다.) 들어가 버렸다. 그리고 활동사진이 시작됐다.

맨 처음은 '기록영화'였다. 미야기宮城, 마쓰시마松島, 에노시마江ノ島, 교토京都 등이 덜거덕덜거덕거리며 비쳤다. 가끔 잘렸다. 갑자기 사진 두세 장이 겹쳐서 현기증이라도 난 듯 헝클어졌다는 생각이 드는 순간 없어졌다. 퍽 하고 하얀 막이 나타났다.

그 다음엔 서양 영화와 일본 영화를 상영했다. 어느 것이든 죄다 필름에 줄이 죽죽 들어가 있어, 심하게 '비가 내렸다.' 게다가 여기저기 잘린 필름을 붙여놓았는지 사람의 움직임이 왠지 어색했다. 그러나 그런 것은 아무래도 좋았다. 다들 완전히 빨려 들어갔다. 훌륭한 몸매를 가진 외국 여자가 나오자 휘파람을 불거나 돼지처럼 콧소리를 냈다. 변사는 화가 나서 한동안 설명을 하지 않을 때도 있었다.

서양 영화는 미국 영화로, '서부 개척사'를 다룬 것이었다. 야만인의 습격을 받거나, 자연의 포악한 공격에 파괴되었다가 다시 일어서서, 한 칸 한 칸 철도를 늘려갔다. 그러한 과정에서 하룻밤 새에 벼락치기로 만든 '마을'이, 철도를 마치 이음매의 매듭처럼 만들었다. 그리고 철도가 전진했다. 그 앞으로, 앞으로 마을이 생겨났다. 거기에서 일어나는 수많은 고난은, 공사장 인부와 회사 중역의 딸이 서로 '러브스토리'로 얽혀서 겉으로 드러나거나 안으로 감춰지는 식으로 묘사되었다.

마지막 장면에서 변사가 목소리를 높였다.

"그리하여 숱한 희생적인 청년들에 의해, 결국 성공하게 된 장장 수백 마일의 철도는, 기다란 뱀처럼 들을 달리고, 산을 뚫고, 어제까지의 미개지는, 이리하여 부강한 나라로 변하여 갔던 것이었습니다."

중역의 딸과, 어느 틈에 신사가 된 인부가 서로 포옹하는 장면에서 막이 내렸다.

중간에, 아무 뜻도 없이 낄낄 웃게 만드는 짧은 서양 영화 한 편이 끼었다.

일본 영화는, 가난한 한 소년이 '낫토 장수', '신문팔이'에서 '구두닦이'를 하고, 공장에 들어가 모범적인 직공으로 일하다가 특별히 등용되어 큰 부자가 되는 영화였다. 변사는 대사엔 없었지만 이렇게 덧붙였다.

"참으로 근면이야말로 성공의 어머니가 아니고 무엇이더란 말이냐!"

거기에 잡일꾼들은 '진지한' 박수를 보냈다. 그러나 어업노동자와 선원들 가운데 이렇게 고함치는 사람도 있었다.

"거짓말쟁이! 그렇다면, 나는 벌써 사장이 돼 있어야 하잖아!"

그러자 다들 크게 웃음보를 터트렸다.

뒤이어 변사는 이렇게 말했다.

"저런 곳에선, 당신의 운과 힘을 모조리 쏟아부으라고, 되풀이, 되풀이해서 말하지만 회사로부터 명령받은 것이었다."

마지막으로, 회사 소속의 공장과 사무실을 비췄다. '근면'하게 일하고 있는 많은 노동자를 보여줬다.

영화가 끝나자, 모두는 '일만 상자 축하'술에 취했다.

다들 오랫동안 술을 입에 대지 않은데다가, 무척 피곤해 있었기 때문에 곤드레만드레 취하고 말았다. 어두운 전깃불 밑으로 담배연기가 구름처럼 고여 있었다. 공기는 열기 탓에 질척질척하게 썩어 있었다. 웃통을 벗고 있거나, 머리띠를 하고 있기도 하고, 책상다리를 하고 앉아 있거나, 엉덩이를 까놓고 있거나, 큰 소리로 이 일 저 일을 서로 고함치기도 했다. 가끔 치고 박는 싸움도 일어났다.

그것은 열두 시가 지날 때까지 이어졌다.

각기병으로 줄곧 누워 있는 하코다테의 어업노동자는, 베개를 조금 높여달라고 해서 온통 떠들썩한 모습들을 바라보았다. 같은 곳에서 온 친구인 어업노동자는, 그 곁에 있는 기둥에 기대어 이빨에 낀 오징어를, 성냥의 나뭇개비로 파내고 있었다.

꽤 시간이 흐르고 나서였다. '똥통'의 계단을 마대자루 같은 어업노동자가 굴러들어왔다. 옷가지와 오른손이 아주 피투성이였다.

"식칼, 식칼! 식칼을 내놔 봐!"

그는 바닥을 기면서 외쳐댔다.

"아사카와 이 새끼, 어디 갔어. 없어졌어. 죽여버리겠다."

그는 감독한테 얻어맞은 적이 있는 어업노동자였다. 그는 난로 부지깽이를 들고, 눈빛이 바뀌더니 다시 밖으로 나갔다. 아무도 그 사내를 말리지 않았다.

"그렇지!"

하코다테의 어업노동자는 자기 친구를 올려보며 말을 이어갔다.

"어업노동자라도 늘 나무뿌리처럼 바보는 아니잖아. 재밌어질 거야!"

이튿날 아침이 되자, 감독은 창유리에서 탁자 등의 세간 물건까지 아주 엉망진창으로 때려 부서진 사실을 알게 되었다. 감독만이 어디에 있었는지 운 좋게도 '말짱'했다.

6.

 포근하게 흐린 날씨였다. 어제까지 비가 내렸었다. 그러던 날씨가 이제 막 개려는 참이었다. 흐린 하늘과 같은 빛깔의 비가, 또한 흐린 하늘과 같은 빛깔의 바다에 이따금 부드럽고 동그란

파문을 떨어뜨렸다.

　정오가 지나서 구축함이 찾아왔다. 짬이 난 어업노동자와 잡일꾼, 선원은 갑판 난간에 기대어, 서로 넋 놓고 구축함을 화제로 왁자지껄 떠들었다. 그것은 좀처럼 없는 일이었다.

　구축함에서 작은 보트가 내려와 사관들이 본선으로 건너왔다. 본선 몸체 옆으로 비스듬히 내려진 뱃전사다리 아래쪽 층계참에 선장, 공장 대표, 감독, 잡부장이 대기했다. 그 곁으로 보트가 다가오자 서로 거수경례를 하고 선장을 선두로 해서 올라왔다. 감독이 위를 힐끔 쳐다보고는, 인상을 찌푸리며 손을 저었다.

"뭘 보고 섰어. 꺼져, 썩 꺼져!"

"뻐기기는, 자식!"

　그들은 우르르 뒷사람이 앞사람을 밀며 차례차례 공장으로 내려갔다. 비린내가 갑판에서 떠돌았다.

"이 지독한 냄새."

　말쑥한 콧수염의 젊은 사관이 점잖게 얼굴을 찌푸렸다.

　뒤따르던 감독이 당황하여 앞으로 나서며, 뭐라 말하며 고개를 몇 번이고 숙였다.

　다들 멀찍이 떨어져서, 장식 술 달린 단검이 걸을 때마다 엉덩이에 부딪쳐서 튀어 오르는 모습을 지켜봤다. 누가 누구보다 높다 안 높다 하면서, 사뭇 진지하게 서로 말을 주고받았다. 그러다가 마침내 싸움으로 번졌다.

"저렇게 되면 아사카와도 별 볼일 없네."
 누군가 감독이 꾸벅꾸벅 절하는 모습을 흉내 내었다. 다들 와 웃음을 터트렸다.
 그날 감독도, 잡부장도 없었기 때문에 모두는 맘 편히 일할 수 있었다. 노래를 부르거나, 기계 너머에 있는 사람과 큰 소리로 이야기를 나눴다.
"이런 식으로 일한다면 얼마나 좋겠어."
 다들 일을 끝마치고 상갑판으로 올라왔다. 객실 앞을 지날 때, 그 안에서 술에 취해 제멋대로 시끄럽게 떠들어대는 말소리가 들려왔다.
 잔심부름꾼 소년이 나왔다. 객실 안은 담배연기로 가득 차 있었다.
 들떠서 불그스름한 소년의 얼굴엔 땀이 송골송골 맺혔다. 두 손에는 빈 맥주병을 잔뜩 들었다. 소년은 턱으로 바지주머니를 가리키며 말했다.
"얼굴을 부탁해요."
 어업노동자가 손수건을 꺼내 땀을 닦아주면서, 객실을 보며 이렇게 물었다.
"뭣들 하고 있는 거야?"
"야, 굉장해요. 벌컥벌컥 마셔대며, 무슨 말을 하는고 하니, 여자 거시기가 이렇다 저렇다 그러고 있어요. 덕분에 줄곧 이렇게 뛰어다니고 있지만요. 농림성 관리가 온다고 해도 뱃전사다리에서 굴러 떨어질 만큼 취해 버렸어요."
"뭐 하러 왔을까!"
 소년은 모르겠다는 얼굴을 하고 서둘러 주방으로 달려갔다.
 젓가락으로는 먹기 힘든, 찰기가 없어 부슬부슬 흩어지는 밥과, 종잇조각 같은 건더기가 떠 있는 짜디짠 된장국으로 어업노동자들은 저녁을 먹었다.
"먹은 적도, 본 적도 없는 양식이 객실로 잇달아 들어갔어."
"똥이나 처먹으라고 해."
 식탁 옆쪽 벽에는, 한자를 읽기 위한 후리가나ふりがな가 달린, 서툰 글씨체로 다음과 같이 씌어진 전단지가 붙어 있었다.

 하나, 밥을 두고 불평하는 사람은, 훌륭한 사람이 될 수 없다.
 하나, 쌀 한 톨도 소중하게 여겨라. 그것은 피와 땀의 산물이다.
 하나, 부자유와 고통을 감내하라.

 이 글 아래 여백에는, 공중변소 안에서나 볼 듯한 음란한 낙서가 적혀 있었다.
 어업노동자들은 밥을 다 먹고 나서 잠자리에 들기 전에, 잠깐 동안 난롯가에 둘러앉았다. 구축함에서부터 시작해 군대 이야기가 나왔다. 그들은 아키타, 아오모리, 이와테 출신의 농민이 많았다. 그래서 군대 이야기가 나오면 이유도 모르고 정신없이 빠져들었다. 이곳에는 군대에 갔다 온 사람이 수두룩했다. 그들은 지금에 와서, 그 당시에 잔혹했던 군대생활을 오히려 그리워하며 여러 가지를 생각했다.

다들 잠자리에 들자, 갑자기 객실에서 소란스럽게 떠드는 소리가, 갑판과 선체의 옆면을 타고 여기까지 들려왔다. 문득 잠이 깨면, "아직도 저러고 있네." 하고 누군가 핀잔하는 말소리가 들렸다.

―벌써 날이 새고 있지 않는가. 누구지? ― 잔심부름꾼 소년인지도 모른다. 갑판을 왔다 갔다 하는, 신발 뒤꿈치의 쿵쿵 울리는 소리가 났다. 실제로 그 야단법석은 새벽녘까지 내내 이어졌다.

사관들은 그래도 구축함으로 돌아간 듯, 뱃전사다리가 내려진 채로 있었다. 그리고 그 층계마다 밥알과 게살, 갈색의 질척질척한 곤죽이 뒤범벅된 토사물이, 대여섯 층계로 쭉 이어져 있었다. 그곳에서 썩은 술냄새가 지독하게 코를 찔렀다. 불쑥 구역질이 쏠리는 그런 냄새였다.

구축함은 날개를 접은 잿빛 물새처럼, 눈에 띄지 않을 만큼 선체를 흔들며 떠 있었다.

그 모습은, 구축함이 온몸으로 '수면'을 탐하고 있는 듯했다. 굴뚝에서 담배연기보다도 가는 연기가 바람 없는 허공으로, 털실처럼 올라갔다.

감독과 잡부장은 점심때가 되어도 일어나지 않았다.
"뭐든 지 꼴린 대로야, 빌어먹을 새끼!"
어업노동자는 일을 하면서 투덜투덜 불평을 늘어놓았다.

식당 한구석에는, 지저분하게 마구 먹어댄, 빈 깡통조림통과 맥주병이 산더미처럼 쌓여 있었다. 아침에, 그것들을 옮겨 나르는 식당 보이조차도, 간밤엔 정말 잘도 먹고 마셨다면서 놀라워했다.

잔심부름꾼 소년은 그 일의 특성상, 어업노동자와 선원은 도저히 짐작도 할 수 없는 선장과 감독, 공장 대표의 드러난 생활을 속속들이 알고 있었다. 그리고 또한 어업노동자들의 비참한 생활—감독은 취하면, 어업노동자들을 돼지 새끼라고 말했었다— 도, 꽤 잘 알았다. 있는 그대로 사실을 말하자면, 윗분은 '오만'하고, 돈벌이를 위해서라면 무서운 짓거리도 서슴지 않고 천연덕스럽게 꾸몄다. 어업노동자와 선원은 거기에 감쪽같이 속아 넘어갔다. 그것은 차마 눈뜨고 볼 수 없을 지경이었다.

아무것도 모를 때가 차라리 더 좋다고, 잔심부름꾼 소년은 언제나 그렇게 생각했다. 으레 자신은 무슨 일이 일어날지, 아니면 일어나지 않을지를 너무나 잘 안다고 생각했다.

두 시쯤이었다. 선장과 감독 등은, 어설피 개켜놓아서 생긴 듯한 주름이 많이 잡힌 옷을 입고, 선원 두 사람에게 통조림을 들게 한

다음, 모터보트를 타고 구축함으로 갔다. 갑판에서 게살을 발라내는 일을 하던 어업노동자와 잡일꾼은, 손을 쉬지 않고 '며느리 행차'라도 보듯이 그 모습을 지켜보았다.

"뭘 하는지 도무지 모르겠네."

"우리가 만든 통조림을, 마치 똥 닦는 종이만도 못하게 함부로 하고 있어!"

"그렇지만 말이야……."

중년을 넘긴 왼손 손가락이 세 개밖에 없는 어업노동자는 이렇게 말을 이어갔다.

"이런 곳까지 와서, 일부러 우리를 지켜주잖아, 괜찮아."

그날 밤 구축함은 어느새 굴뚝에서 뭉게뭉게 연기를 피워 올렸다. 그 갑판에선 수병들이 부리나케 왔다 갔다 하기 시작했다. 그리고 삼십 분쯤 지나자 구축함이 이제 막 움직였다. 함미의 깃발이 펄럭펄럭 바람에 날리는 소리가 들렸다. 게 공선은 선장의 선창에 따라 '만세'를 불렀다.

저녁식사가 끝나자 '똥통'으로 잔심부름꾼 소년이 내려왔다. 다들 난롯가에서 이야기꽃을 피우고 있었다. 어두운 전등 밑에 선 채로 셔츠에서 이를 잡는 사람도 있었다. 전등을 가로질러갈 때마다 커다란 그림자가, 페인트칠이 벗겨지고 낡고 헐은 배의 옆벽에 비스듬히 비쳤다.

"사관하고 선장, 감독이 말하는 걸 들었는데, 이번에 러시아 영해에 몰래 들어가서 게를 잡는다고 하던걸요. 그래서 구축함이 줄곧 곁에서 지켜준대요. 어지간히 이거를 먹인 듯싶어요. (엄지손가락과 집게손가락으로 동그라미를 만들어 보였다.)

그들의 말을 들어보니까, 돈이 그냥 데굴데굴 굴러다니는 캄차카와 북부 사할린 이 일대를, 앞으로 어떻게 해서든지 일본의 것으로 손에 넣으려고 한대요.

일본의 저것들은 중국과 만주뿐만 아니라, 이쪽 방면도 중요하다고 말했다더군요. 게다가 이 회사가 미쓰비시三菱 등과 함께, 정부를 교묘하게 부추기는 듯해요. 이번에 사장이 국회의원이 되면, 더욱 더 그렇게 할 모양이에요.

그래서 하는 말인데요, 구축함이 게 공선의 경비를 위해 출동했다고 하지만, 반드시 그것만이 목적이 아니고요, 이 근처 바다, 북부 사할린, 쿠릴열도 부근까지 상세하게 측량하거나 기후를 조사하는 일이 더 큰 목적이래요. 만일의 사태가 생기면 그걸 실수 없이 처리하기 위해서라고 했어요. 이건 비밀이라고 생각하지만, 쿠릴열도 맨 끄트머리에 있는 섬으로, 몰래 대포와 중유를 옮겨놓았다고 했어요.

난 처음에 그 말을 듣고 깜짝 놀랐지만, 지금껏 일본의 어떤 전쟁도, 사실상 속을 탁 까놓고 보면, 모두 두세 사람 부자의 (그 대신 어마어마한 부자의) 지시로, 그 구실을 갖가지 억지를 써서 갖다 붙이잖아요. 무엇보다도 전망 좋은 장소를 손에 넣고 싶어서 일을 척척 진행시킨다고 하더군요. 그 녀석들, 위험하다고 하네요."

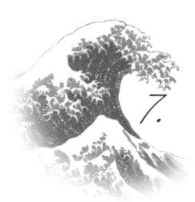

7.

 윈치가 와르르 소리를 내며 똑딱선을 내렸다. 바로 그 밑엔 어업노동자가 네 명쯤 대기했다. 윈치의 가로대가 짧은 탓에, 그들이 내려오는 똑딱선을 갑판 바깥쪽으로 밀어서 바다로 내려갈 수 있게끔 했다.

 자주 위험한 일이 생겼다. 다 낡은 배의 윈치는 각기병 환자의 무릎처럼 삐걱거렸다. 쇠줄을 감고 있는 톱니바퀴의 상태에 따라, 다른 한쪽의 쇠줄만 늘어나기도 했다. 똑딱선은 훈제 청어처럼 아주 기우뚱하게 매달리기도 했다. 그때 뜻하지 않게 그 밑에 있던 어업노동자가 흔히 부상을 입었다. 그날 아침 그런 일이 일어났다.
 "아아, 위험해!"
 누군가 소리쳤다. 바로 위쪽 똑딱선과 부딪쳐서, 그 밑에 있던 어업노동자의 목이 가슴 안쪽으로 말뚝처럼 들어가 버렸다.
 어업노동자들은 배의 의사에게 부상자를 데려갔다. 그들 가운데 이제는 대놓고 감독과 같은 부류한테 증오를 품은 몇 사람은, 의사에게 '진단서'를 써주기를 부탁했다. 감독은 뱀한테 인간의 탈을 씌워놓은 놈이라, 어떻게 해서라도 트집을 잡으려고 할 것이 뻔했다. 그때 항의를 하려면 진단서가 필요했다. 게다가 의사는 제법 어업노동자와 선원의 처지를 동정했다.
 "이 배에선 일하다가 다치거나 앓는 사람보다, 얻어맞아서 다치거나 앓는 사람이 훨씬 많아."
 이렇게 말하면서 의사는 스스로 놀랐었다. 날마다 일기를 써서 나중에 증거로 남기지 않으면 안 된다고 말하기도 했었다. 그래서 병들거나 다친 어업노동자와 선원을 꽤 친절하게 돌봐주었다.
 진단서를 써주기를 바란다고 한 명이 말을 꺼냈다.

처음에 의사는 놀라는 표정이었다.
"글쎄, 진단서는 말이지······."
"보시는 대로 써주시면 좋겠습니다만."
의사는 안타까웠다.
"이 배에선, 그런 것을 쓸 수 없도록 되어 있다네. 지들 마음대로 그렇게 정한 듯싶지만······ 나중에 뒤탈이 생겨서 말이야."
성질 급한 말더듬이 어업노동자가 "쳇!" 하고 혀를 차고 말았다.
"얼마 전에 아사카와 씨한테 얻어맞아 귀가 들리지 않게 된 노동자가 와서, 무심코 진단서를 써주었는데, 그게 그만 큰 문제가 돼버렸다네. 그것이 언제까지나 증거로 남을 테니까, 아사카와 씨라고 해도 말이지······."
그들은 의사의 방을 나서면서 의사도 역시 거기까지 가면, 이제 '우리' 편이 아니라는 것을 생각했다.
다친 그 어업노동자는, 그러나 거짓말처럼 겨우 목숨은 건지게 되었다. 그 대신 대낮에도 자주 뭔가에 걸려 넘어지거나, 금방이라도 앞으로 고꾸라질 듯한 컴컴한 구석에서 쓰러진 채 그가 내는 신음을, 며칠이고 줄곧 들어야 했다.
그가 회복되기 시작해서, 앓는 소리가 모두를 괴롭히지 않을 때쯤, 전부터 내내 누워 있었던 각기병 어업노동자가 죽어버렸다. 그는 스물일곱 살이었다. 도쿄 닛포리日暮里의 소개소에서 같이 온 그의 동료가 십여 명 있었다. 그러나 감독은 다음날 일에 지장이 있다며, 일하지 못하는, '병에 걸린 사람들'만으로 빈소를 밤새워 지키게 했다.

더운물로 송장을 닦기 위해 옷을 벗기자, 죽은 몸뚱이에서 구역질이 올라올 듯한 지독한 악취가 났다. 시신에 들러붙어 있던 소름끼치게 푸르스름하고 납작한 이가 놀라서 달아났다. 비늘 모양의 때가 덕지덕지 낀 온몸은 마치 소나무 줄기가 굴러다니는 듯했다. 가슴엔 갈비뼈가 고스란히 하나하나 드러나 있었다. 각기병이 심해지고 나서는 자유로이 걸을 수도 없어서, 오줌 따위는 그대로 싸 버린 듯 코를 찌르는 냄새가 났다. 훈도시도, 셔츠도 검붉게 색이 변해서, 그것을 집어 들자 황산이라도 뿌린 것처럼 부슬부슬 흩어질 듯했다. 배꼽의 팬 곳에는 때와 먼지가 가득차서 아예 배꼽이 보이지 않았다. 항문 근처엔 똥이 완전히 말라서 점토처럼 딱 달라붙어 있었다.

"캄차카에서 죽고 싶지 않아."

그는 죽을 때 그렇게 말했다고 했다. 그러나 그가 숨을 거두는 순간, 어쩌면 그 곁에서 임종을 지켜본 사람은 아무도 없었을지도 모른다. 이 캄차카에서는 어느 누구라도 온전한 죽음을 맞아들일

---

*오쯔야ぉ通夜_ 장례식 전날 밤에 가까운 친척이나 지인들이 모여 하룻밤을 보내는 일본의 장례 풍습을 말한다. 우리말로는 '문상'에 가깝지만 본문에선 원서의 '오쯔야' 뜻을 살리고자 풀어 썼다. 편집자 주.

수 없으리라. 어업노동자들은 숨을 거둘 때 그의 기분을 생각하며, 누구는 목을 놓아 울기도 했다.

시체를 닦을 온수를 가지러 가자 요리사는 이렇게 말했다.

"불쌍하게시리, 많이 가져가. 몸이 아주 많이 더러워져 있을 거야."

더운물을 가져가는 길에 감독을 만났다.

"어디로 가져가는 거야."

"시신을 씻길 거유." 하고 말하자,

"너무 낭비하지 마라." 하고 감독은 미적미적 뭐라 더 말하려다 지나갔다.

더운물을 가지고 돌아오자 그 어업노동자는 이렇게 말했다.

"그 순간만큼, 뒤에서 냅다 그놈 머리에 뜨거운 물을 끼얹어버리고 싶을 때가 없었어!"

그리고 흥분해서 몸을 부들부들 떨었다.

감독은 집요하게 돌아다니며 모두의 동태를 살폈다. 그러나 사람들은 비록 내일 졸면서 일하다 앞으로 자빠지더라도, 말하자면 '태업'을 감행하는 한이 있더라도, 다들 빈소를 지키며 밤샘하기로 했다. 그렇게 정했다.

여덟 시 무렵 가까스로 준비가 대충 끝나서, 향과 촛불에 불을 붙이고 다들 그 빈소 앞에 앉았다. 감독은 끝내 오지 않았다. 선장과 의사가, 그래도 한 시간쯤 앉아 있었다. 서투나마 띄엄띄엄 경문을 외우는 어업노동자가 있어서, "그래도 괜찮아, 마음이 통할 거야" 하고 사람들이 권하여 경문을 외우게 되었다. 경문을 외는 동안 주위는 조용했다. 누군가 코를 훌쩍였다. 경문이 끝나갈 즈음 흐느끼는 사람은 몇 명 더 늘어났다.

경문이 끝나자 한 사람씩 차례로 돌아가며 향을 피웠다. 그리고 자리에서 일어나 제각기 한 동아리를 이루며 모여들었다. 동료의 죽음을 화제로 시작해서 살아 있지만, 그러나 잘 생각해보면 아슬아슬하게 살아가는 제 자신들에 대해 이야기했다. 선장과 의사가 돌아가고 나서, 말더듬는 어업노동자가 향과 촛불이 켜져 있는 시체 옆쪽 탁자로 나아갔다.

"난 경문을 잘 몰라. 경문을 외워서 야마다山田 군의 영혼을 위로하는 것은 할 수도 없어. 하지만 잘 생각해보고 나서, 나는 이렇게 결론 내렸어. 야마다 군은 얼마나 죽고 싶지 않았을까, 하고 말이야. 아니, 사실을 말하자면, 얼마나 살해당하고 싶지 않았을까 하고. 확실히 야마다 군은 살해당했습니다."

듣고 있던 사람들은 감정이 억눌린 것처럼 조용해졌다.

"그럼 누가 죽였나? 말할 것도 없이 잘 알고들 있을 겁니다! 나는 경문으로 야마다 군의 영혼을 위로하는 것은 할 수 없소! 그러나 우리는, 야마다 군을 죽인 놈에게 복수하는 것으로, 하는 것으로, 야마다 군을 위로할 수 있습니다. 이 일을, 지금이야말로, 야마다 군의 영혼 앞에서 우리는 맹세하지 않으면 안 된다고 생각합니다."

선원들이었다. 맨 먼저 "그렇다." 하고 말한 것은.

 게 비린내와 사람들 열기로 가득한 '똥통' 속에서 선향線香의 향내는, 향수 냄새처럼 떠다녔다. 아홉 시가 되자 잡일꾼은 돌아갔다. 피곤해서 졸고 있는 사람은 돌멩이가 들어간 가마니처럼 좀체 몸을 일으키지 못했다. 얼마 뒤 어업노동자들도 하나, 둘 잠들어버렸다. 파도가 일었다. 배가 흔들릴 때마다, 초의 불꽃이 꺼지려는 듯 가늘어졌다가 다시 밝아졌다. 시신의 얼굴 위에 덮어놓은 하얀 무명천이 벗겨질 듯 움직였다. 그러다 미끄러져 내렸다. 그것만 보고 있으면 오싹오싹 소름이 끼쳤다.

 선체 측면에서 파도 소리가 울리기 시작했다.

 다음날 아침 여덟 시를 지나 한바탕 일하고 나서, 감독이 고른 선원과 어업노동자 단 네 사람만이 아래로 내려갔다. 경문을 어젯밤의 그 어업노동자에게 외우게 한 뒤, 그 네 사람과 병에 걸린 서넛 명이 마대자루에 시체를 넣었다. 마대는 새것이 많이 있었지만, 감독은 곧바로 바다에 던져버리는 일에 새것을 쓰는 것은 낭비라고 하여 들어주지 않았다. 선향은 이제 배에는 남아 있지 않았다.

 "불쌍한 녀석. 이래서야 정말 죽고 싶지 않았을 거야."

 좀처럼 구부러지지 않는 시신의 팔을 모으면서 눈물을 마대자루 속에 떨어뜨렸다.

 "그만해, 눈물을 묻히면 안 돼."

"어떻게 해서든 하코다테까지 데리고 돌아갈 수 없을까. 이것 봐, 이 얼굴을 보라구. 캄차카의 차가운 물속에 들어가고 싶지 않다고 말하는 것 같잖아. 바다 속에 던져진다면 너무 외롭잖아."
"같은 바다라도 여기는 캄차카야. 9월이 지나, 겨울이 되면 배 한 척도 없이 얼어버리는 바다잖아. 제일 먼 북쪽 끝에 있는 바다!"
"웅, 웅." 울고 있다. "게다가, 이렇게 자루에 넣는다고 하는데, 겨우 예닐곱 사람뿐인걸. 삼사백 명이나 있는데도 말이야."
"우리는 죽어서도 변변한 대접을 못 받는 거야."
다들 한나절이라도 좋으니 쉬게 해달라고 부탁했지만, 전날부터 게가 많이 잡히는 바람에 거절당했다.
"공과 사를 혼동하지 마."
감독은 그렇게 말했었다.
"이제 다 됐나."
감독이 '똥통'의 천장에서 얼굴 내놓고 물었다.
어쩔 수 없이 그들은 '됐다'고 말했다.
"그럼 옮겨라."
"그래도 선장이 그전에 조사를 읽어주기로 했우."
"선장? 조사?"
감독은 비웃듯이 말을 덧붙였다.
"멍청한 놈! 그렇게 한가한 짓을 할 틈이 어디 있어."
한가한 짓을 하고 있을 수 없었다. 게가 갑판에 산더미처럼 쌓여서, 부스럭부스럭 발톱으로 바닥을 울리고 있었다. 그리고 연거푸 게가 운반되어 와서 연어, 송어 가려낼 짬도 없었다. 그 마대자루를 거적으로 대충 싸매듯이 해서, 배 뒤쪽에 매달린 모터보트에 실었다.

"준비됐어?"
"됐어."
모터보트가 빠르게 움직이기 시작했다. 그 선미 쪽 물이 마구 휘저어지면서 거품이 일었다.
"자……."
"자."
"안녕."
"외로워도 참아야 하네."
낮은 목소리로 말했다.
"그럼, 부탁하네!"
본선에서 모터보트로 옮겨 탄 사람에게 부탁했다.
"응, 응 알았네."
모터보트는 앞바다로 멀어져 갔다.
"자, 그럼."
"가버렸다."
"마대자루 속에 들어가는 것은 싫다고 하는 듯싶으이. 그렇게 눈에 보이는 것 같아."

한 무리의 어업노동자가 게잡이에서 돌아왔다. 그리고 감독이 제멋대로 처리한 일을 전해 들었다. 그 말을 듣고 화를 내기에 앞서, 시체가 된 자신의 몸이 깊고 어두운 캄차카 바다로 던져지는 것처럼 소름이 끼쳤다. 다들 아무 말도 하지 않고 그대로 줄줄이 사다리를 내려갔다.
"……알았다, 알았다."
하고 입속말로 중얼거리며 소금에 절어 축 늘어진 작업복을 벗었다.

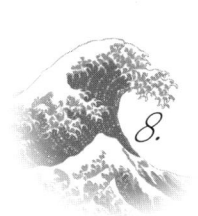

겉으론 아무런 표시도 내지 않았다. 눈치채지 못하게 느릿
느릿 손을 썼다. 감독이 아무리 화내고 때리면서 돌아다녀도,
대꾸도 안하고 '온순하게' 있었다. 그것을 하루걸러 되풀이했

다. (처음에는 무서워서 흠칫흠칫 했었지만.) 그런 식으로 '태업'을 거듭했다. 수장水葬이 있고 나서부터는 더욱 행동이 통일되어 갔다.

생산량은 눈에 띄게 줄어갔다.

중년을 넘긴 어업노동자는 일을 시키면 제일 힘들어 하면서도, '태업'에는 싫은 얼굴을 했다. 그러나 내심(!) 걱정했던 일이 안 일어나고, 오히려 이상하게도 '태업'이 잘 먹혀드는 모양을 보자, 젊은 어업노동자들이 말하는 대로 움직이기 시작했다.

곤란한 것은 똑딱선의 최고참 어업노동자들이었다. 똑딱선에 대해서만큼은 모든 책임이 그들에게 있었다. 감독과 일반 어업노동자 그 중간에 끼어서 '어획량'을 두고 감독한테 금세 책임 추궁을 당했다. 그래서 다른 누구보다 힘든 처지였다.

마침내 그들 가운데 삼분의 일만이 '할 수 없이' 어업노동자를 편들었고, 나머지 삼분의 이는 조그만 '레코드판*'이나 다름없는, 감독의 작은 '발판'이 되었다.

"그야 피곤하지. 공장처럼 일이 딱 정해져 있지도 않잖아. 상대는 살아 있는 생물이야. 게가 사람들의 편의를 봐주며 제 시간에 맞춰 나와 주는 것도 아니야. 어쩔 수 없어."

영락없는 감독의 축음기였다.

한번은 이런 일이 있었다.

---

*원서에는 「o」로 표시되어 있다. 그렇지만 번역가와 편집자가 서로 의논 끝에 앞뒤 문맥을 고려하여 '레코드판'으로 의역하였다.

'똥통'에서 잠자리에 들기 전에, 어떤 이야기가 전혀 엉뚱한 여러 방향으로 옮겨갔다. 그때 문득, 최고참 어업노동자가 잘난 척 뻐기는 말을 하고 말았다. 그것은 잘난 척이라고 하기엔 좀 뭐하지만, 일반 어업노동자가 듣기엔 화가 치미는 말이었다. 최고참의 말상대인 일반 어업노동자는 조금 취해 있었다.

한순간 그는 이렇게 고함쳤다.

"뭐라고? 당신 뭐야, 그리 뻐기지 않는 게 당신 신상에 좋아. 게잡이 나갈 때, 우리 네다섯 명이 당신 하나쯤 바다 속에 던져버리는 일은 식은 죽 먹기야. 그걸로 끝이거든. 캄차카에서 당신이 어찌 죽어도 아무도 몰라!"

여태껏 이런 식으로 최고참한테 대든 사람은 아무도 없었다. 그랬었는데 그가 쩌렁쩌렁한 목소리로 이렇게 소리 지르고 말았다. 누구도 말을 하지 않았다. 지금까지 이야기하던 다른 화제도 이걸로 딱 끊겨버렸다.

그러나 이것은 그냥 허세부리는, 그런 빈말이 아니었다. 그 말은 지금껏 '굴종'밖에 알지 못했던 어업노동자를, 전혀 뜻밖에 엄청난 힘으로 대들게 했다. 대들고 나서 어업노동자는 처음엔 갈피를 못 잡았다. 그것이 미처 몰랐던 제 자신의 힘이라는 사실을 아직 깨닫지 못했다.

그런 일을 '우리'가 할 수 있을까?

그렇고 말고, 아무렴 당연히 할 수 있다.

그 사실을 깨닫고 나자, 이번엔 알 수 없는 이상야릇한 힘에 의해 반항적인 감정이 모두의 마음속에 파고들었다. 여태껏 몹시 잔혹한 노동으로 착취당했던 일이, 오히려 그 때문에 더 좋은 밑바탕이 되었다. 이렇게 된 이상 감독이고 뭐고 없다! 다들 유쾌했다. 한번 그런 기분이 들자, 불시에 손전등을 들이댄 듯 자신들의 구더기 같은 생활이 생생히 보였다.

'뻐기지 마, 이 자식'

이 말은 사람들 사이에서 유행어가 되었다.

뭔 일을 할 때면 이렇게 말하곤 했다.

"뻐기지 마, 이 자식."

다른 일에도 금세 그 말을 갖다 썼다.

뻐기는 자식은, 그러나 어업노동자 사이에선 한 사람도 없었다.

그 사건과 비슷한 일은 한두 번이 아니었다. 그럴 때마다 어업노동자들은 깨달아 갔다. 그리고 그 경험이 쌓여가는 동안 어업노동자들 가운데 늘 앞장서는 서넛 명이 생겼다. 그것은 누가 정한 것이 아니고, 사실은 정해진 것도 아니었다. 다만 무슨 일이 터지거나 또는 하지 않으면 안 되는 경우에, 그 서넛 사람의 의견이 모두와 일치했었다. 그래서 다들 그대로 따르게 되었다. 학생이 두 명쯤, 말더듬이 어업노동자, '뻐기지 마' 어업노동자 등이 그랬다. 학생이 연필을 핥아가며 밤새도록 엎드려 종이에 뭔가 작성했다. 그것은 학생의 제안이었다.

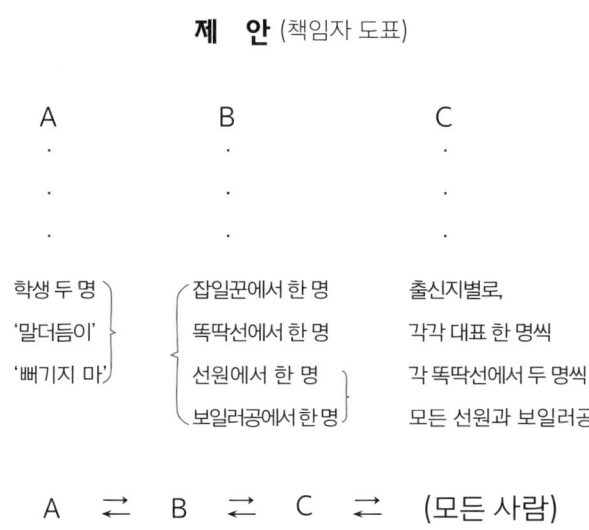

학생은 이렇게 하면 어떤 문제라도 다룰 수 있다고 말했다. 어떤 일이 A에서 일어나거나, 아니면 C에서 일어난다고 해도, 전기보다 빠르게 실수 없이 '전체의 문제'로 다룰 수 있다고 자랑했다. 그

제안은 그렇게 하기로 정해졌다. 그러나 그것은 생각만큼 쉽게 실행되진 않았다.

'죽고 싶지 않은 사람은 오라!'는 학생이 뽐내는 선전 글귀였다. 학생은 전국시대의 무장 모리 모토나리毛利元就가 화살을 부러뜨린 이야기와, 관공서에선가 본 적 있는 포스터 그림의 '줄다리기'를 예로 들었다.

"우리들 네댓 사람만 있으면, 똑딱선의 최고참 한 명쯤 바다에 쳐 넣는 것은 일도 아닙니다. 자, 힘을 냅시다."

"일대일로는 안 됩니다. 위험하다구요. 하지만 저쪽은 선장을 비롯해 이놈저놈 다 합쳐봐야 고작 열 명도 못 돼요. 그런데 우리는 사백 명 가까이 있습니다. 사백 명이 함께하면 벌써 이긴 싸움입니다. 10명 대 400명! 어디 싸워볼 테면 한번 해보라고 그래요."

그리고 마지막 말로 학생은 이렇게 끝맺었다.

"죽고 싶지 않은 사람은 오라!"

배 안에 어떤 '얼간이', '주정뱅이'라도 자기들이 초죽음 되는 생활을 하고 있음을 알고 있고, (실제로 눈앞에서 살해당한 동료도 있음을 알고 있었다.) 게다가 도저히 힘든 나머지 이따금 했었던 '태업'이

---

*모리 모토나리_ 일본 전국시대 최고의 명장이다. 그의 세 아들에게 화살 하나는 약하지만 세 자루가 뭉치면 강하다는 사실을 일깨우며, 삼형제의 결속을 당부했다는 일화가 전해진다. 편집자 주.

뜻밖에도 효과가 있었기 때문에 학생과 말더듬이 어업노동자가 하는 말을 잘 받아들였다.

일주일 전 거센 폭풍우 탓에 모터보트의 회전 날개가 망가지고 말았다. 그래서 그것을 손보기 위해 잡부장이 어업노동자 네다섯 명과 함께 본선에서 육지로 갔다. 그리고 돌아왔을 때, 젊은 어업노동자가 일본어로 인쇄된 '붉은 선전'의 작은 책자와 전단지를 몰래 많이 가져왔다. 거기엔 '일본인이 숱하게 이런 투쟁을 하고 있다'고 씌어 있었다. 또 자신들의 임금과 긴 노동시간에 비하여, 회사가 얼마나 많은 돈을 벌고 있는가를 말했다. 파업에 대해서도 적혀 있어, 다들 재미있어 하며 서로 읽거나 그 이유를 물어보기도 했다. 그러나 거기 씌어 있는 글에 오히려 반감을 품으며 이런 무서운 짓을 과연 '일본인'이 저지를 수 있을까 하는 사람도 있었다.

다른 한편으론,

"나는 이게 정말이라고 생각해."

이렇게 말하면서 전단지를 들고 학생 있는 곳으로 물어보러 오는 사람도 있었다.

"사실이야. 조금 말이 부풀려졌다고 해도."

"그렇지만 이렇게라도 하지 않으면, 아사카와는 절대로 안 변할 거야."

누군가 이렇게 말하며 웃었다.

"게다가 저놈들한테 우리는 더 심하게 당하고 있으니까 이건 당연한 거야!"

 어업노동자들은 굉장한 일이라고 말하면서 그 '노동운동'에 호기심을 나타냈다.

 폭풍우 때도 그렇지만 안개가 심해지면, 나가 있는 똑딱선을 불러들이기 위해 본선에서는 끊임없이 기적을 울려댔다. 저 멀리 울려 퍼지는 소 울음소리처럼 기적은 자욱한 안개 속에서 한 시간이고, 두 시간이고 잇달아 울렸다. 그렇지만 그래도 잘 돌아오지 못하는 똑딱선이 있었다. 그런데 바로 그런 때, 일이 무척 힘들어서 일부러 방향을 잃어버린 척하며 캄차카에서 표류하는 배가 있었다. 가끔가다 몰래 그렇게 했다. 러시아 영해 안으로 들어가 작업하기 시작하면서부터, 미리 육지 쪽으로 대충 방향을 정해 놓으면, 의외로 쉽게 그리로 흘러갈 수 있었다. 그 무리 중에도 '노동운동'에 대해 듣고 오는 사람이 있었다.

 언제나 회사는 어업노동자를 고용할 때 세심하게 신경 썼다. 모집 장소의 마을촌장이나 서장에게 부탁하여 '모범청년'을 데려왔다. 노동조합 따위엔 관심 없는, 시키는 대로 잘 따르는 노동자를 뽑았다. 빈틈없이 만사 잘 되었다. 그러나 게 공선의 일이 지금에 와서는

---

*원서에는 '적화운동赤化運動'으로 되어 있다. 그렇지만 이 작품의 시대적 배경과 지금 현실과는 아주 동떨어져 있기 때문에 문맥을 살려 '노동운동'으로 의역했다. 편집자 주.

정반대로 그 노동자를 단결하고 조직하도록 만들었다. 아무리 '빈틈없는' 자본가라도 이렇게 사태가 전혀 생뚱맞은 방향으로 흘러가리라곤 예상하지 못했다. 그것은 얄궂게도 미조직 노동자, 손써볼 도리가 없는 '주정뱅이' 노동자를 일부러 모아서 단결하는 것을 가르쳐주는 꼴이나 다름없었다.

감독은 당황하기 시작했다.

어기漁期가 끝나가고 있지만 예년에 비해 게 어획량은 뚜렷이 줄었다. 다른 배의 상황을 들어보면 작년보다 더 성적이 좋은 듯했다. 이천 상자나 뒤져 있었다. 감독은 이렇게 된 이상 지금처럼 '부처님' 행세나 하고 있어선 안 되겠다고 생각했다.

본선은 이동하기로 했다. 감독은 내내 무선을 훔쳐 듣고, 다른 배의 그물이라도 상관하지 않고 걷어 올렸다. 이십 해리쯤 남하하여 처음 걷어 올린 그물에는, 게가 풍성하게 그물코에 발이 걸려 있었다.

확실히 ××호의 그물이었다. "자네 덕분이다." 하고 감독은 그답지 않게 국장의 어깨를 두드렸다. 그물을 걷어 올리는 것을 들켜서, 모터보트가 허둥지둥 도망쳐 올 때도 있었다. 다른 배의 그물을 닥치는 대로 걷어 올리기 시작하면서, 작업은 차츰 바빠졌다.

> 작업을 조금이라도 게을리하는 것을
> 발견할 때는 담금질을 한다.
> 조직을 만들어 게으름 피우는 사람은
> 캄차카 체조를 시킨다.
> 벌로 임금을 몰수한다.
> 하코다테에 돌아가면, 경찰에 인계한다.
> 만약 감독에게, 조금이라도 반항할 때는 총살을 시킨다.'
>
> 아사카와 감독
> 잡부장

이렇게 쓴 커다란 벽보가 공장 출구에 붙어 있었다. 감독은 총알을 재워놓은 권총을 늘 지녔다. 그가 보기에 괘씸한 일이 있으면 작업하는 사람들 머리 위쪽을 향해서, 갈매기나 배 어딘가를 조준하여 '시위'하듯 쏘았다. 깜짝 놀라는 어업노동자를 보고 그는 히죽히죽 웃었다. 그것은 정말로 어느 순간에 '진짜'로 쏴 죽일 듯한 불안감을 사람들에게 불러일으켰다.

선원, 보일러공도 깡그리 동원되었다. 감독은 제멋대로 사람들을 부려먹었다. 선장은 그것에 대해서 한 마디도 할 수 없었다. 선장은 '간판'에 지나지 않았다. 그걸로 자신의 역할은 충분했다. 이전에 이런 일이 있었다. 영해 내로 들어가서 게를 잡으려고, 감독은 그 안으로 들어가도록 선장을 강요했다. 선장은 자신의 공적인 입장 때문에 그런 짓을 할 수 없다고 버티었다.

"마음대로 해! 까짓, 부탁 안 해!"

이렇게 소리치며 감독은 자기 마음대로 영해 안으로 배를 움직였다. 그런데 그것이 그만 러시아 감시선한테 들켜서 추적을 당했다. 마침내 포획되어서 심문을 받게 되었다. 선장이 당황한 나머지 횡설수설하고 있을 때 감독은 비겁하게 그 자리를 피하고 말았다.

"이러한 모든 일은 마땅히 선장이 답변해야 하는 거니까…."

이렇게 말하며 감독은 억지로 선장의 등을 떠밀었다. 그래서 이 정도의 간판은 필요했다. 그 역할로 충분했다.

그런 일을 겪고 나서, 선장은 배를 하코다테로 돌려버리려고 여러

번 생각했었다. 하지만 그렇게 하지 못하게 하는 힘이, 자본가의 힘이 선장을 붙잡고 있었다.

"이 배 전체가 회사 소유다. 알기나 해?"

하고 감독은 입을 세모꼴로 만들며 한껏 거침없이 으하하하 웃어댔다.

'똥통'으로 돌아오자 말더듬이 어업노동자는 천장을 향해 벌렁 누웠다. 분해서, 도저히 분해서 참을 수 없었다. 어업노동자들은 그와 학생들을 안됐다는 듯이 쳐다보았지만, 한 마디 말조차 할 수 없을 만큼 아주 기진맥진해서 주저앉아 있었다. 학생이 만든 조직도 쓸모없는 종잇조각처럼 도움이 안 됐다. 그렇지만 학생은 의외로 기운이 남아 있었다.

"무슨 일 생기면 들고 일어나는 겁니다. 그 대신에 바로 그 무슨 일이라는 것을 제대로 잘 붙잡아야 해요."

하고 학생은 말했다.

"이런 데도 들고 일어날 수 있을까?"

'뻐기지 마' 어업노동자였다.

"있을까? 멍청이. 이쪽은 사람 수가 많잖아. 무서울 것 하나도 없다구. 게다가 저놈들이 무리하게 일을 시키면 시킬수록, 지금은 다들 꾹 참고 속으로 삭이고 있지만, 화약보다 더 센 불평과 불만이 사람들 마음속에 가득 차 있단 말이야. 나는 거기에 기대를 걸고 있다구."

"모든 준비는 다 되어 있을까?"
'뻐기지 마'는 '똥통' 안을 천천히 둘러보았다.
"그런 놈들이 있을까? 뭐든지 모두……."
그리고 푸념을 늘어놓았다.
"우리가 푸념을 하면, 벌써 끝난 거야."
"보라구, 너뿐이야, 기력이 남아 있는 사람은. 이번에 다시 사건을 일으키기만 하면 정말 목숨을 건다."
학생은 어두운 얼굴을 하며 이렇게 말했다.
"그러게요……."
감독은 부하를 데리고 밤중에 세 차례나 돌아다녔다. 서넛 사람이 모여 있으면 화를 냈다. 그래도 아직 부족한지, 몰래 자기 부하를 '똥통'에서 잠을 자도록 했다.
'쇠사슬'은 단지 눈에 보이지 않았을 뿐이었다. 모두의 발에는 굵은 쇠사슬을 끌고 있는 것처럼 무거웠다.
"나는 말이야 언젠가는 살해당하고 말 거야."
"응, 응 그래도, 어차피 살해당하는 걸 안다면, 그때는 죽여 버리겠어."
"이런 바보!"
시바우라芝浦 출신의 어업노동자가 옆에서 호통을 쳤다.
"살해당하는 걸 안다면? 바보야, 언제야 그게, 지금 살해당하고 있잖아. 조금씩 말이야. 저놈들은 굉장히 능숙해. 권총은 당장이라도 쏠 것처럼 언제나 가지고 있지만, 그렇게 간단히 경솔한 짓은 안 해. 그건 수단이야. 알겠어. 저놈들이 우리들을 죽이면 자기들한테 손해란 말이야. 진짜 목적은 우리에게 일을 많이 시켜, 기름틀에 넣고 꼭꼭 짜내듯이 돈을 잔뜩 버는 거야. 그렇게 지금 우리는 날마다 당하고 있는 거란 말이야. 어때, 여기를 보라구. 엉망진창이잖아. 이건 마치 누에한테 먹히는 뽕나무 잎처럼 우리 몸이 살해당하고 있잖아."
"그러네!"
"그러네, 뭘 해도 어차피 똑같아."
두꺼운 손바닥에 담뱃불을 굴렸다.
"자, 잠깐만, 지금 뭐 하는 거야. 이런 바보!"
지나치게 남쪽으로 내려와서 작은 몸집의 암컷 게가 많이 잡힌 바람에, 장소를 북쪽으로 이동했다. 그래서 다들 잔업을 하게 해서, (오래 간만에!) 조금 일찍 작업이 끝났다. 모두가 '똥통'에 내려왔다.
"힘없어 보이네."
시바우라였다.
"이봐, 이 다리를 보라고. 후들거려서 계단을 내려올 수 없다구."
"안됐다. 그런데도 끝까지 열심히 일하려고 했겠지."
"누가 그래, 어쩔 수 없잖아."
시바우라가 웃었다.
"살해당할 때도 어쩔 수 없다고 말할 건가."
"……"

"하여튼 이대로 간다면 너는 사오 일이야."

 상대는 시바우라가 치는 박수에 싫은 얼굴을 하고, 누렇게 뜬 한쪽 볼과 눈꺼풀을 찌푸렸다. 그리고 입을 다물고는 자신의 선반 끝에 앉아, 아래로 발을 늘어뜨리며 뼈마디를 손날로 두드렸다.

 그 밑에서 시바우라가 손을 흔들며 말하고, 말더듬이는 몸을 흔들며 맞장구쳤다.

 "……들어봐, 가령 부자가 돈을 내서 만든 배가 있다고 치자구. 선원과 보일러공이 없으면 배가 움직일까? 게가 바다 속에 수억 있다고 하자. 만약에 여러 가지 준비를 해서 우리가 여기까지 와서 일하지 않는다면, 부자가 제아무리 돈을 냈다고 해도 게가 한 마리라도 부자의 호주머니에 들어가겠어? 그럼 우리가 여기서 한여름 일해서 대체 얼마나 수중에 돈이 들어오겠어. 그런데 부자들은 이 배 한 척으로 사실상 손에 넣는 게, 사오십만 엔이라는 돈을 착복하는 거야. 자 그렇다면 그 돈의 출처인데, 무에서 유가 된 거야. 알겠어. 모두 우리의 힘이야. 그러니까 그렇게 지금이라도 죽을 듯한 우울한 얼굴을 하지 말라고 하는 거야. 더욱 힘을 내자구. 갈 데까지 가면, 거짓말이 아니야. 저들이 우리를 더 무서워한단 말이야. 벌벌 떨지 마. 선원과 보일러공이 없었으면 배는 움직이지 않아. 노동자가 일하지 않으면 동전 한 푼도 부자의 호주머니에 들어갈 수 없어. 배를 사거나 도구를 준비하는 돈도, 마찬가지로 다른 노동자가 피를 짜서 벌어준 거야. 우리한테서 착취해간 돈이야. 부자와 우리는 부모와 자식 같은 거야……."

감독이 들어왔다.

다들 바닥에 앉아 있다가 부스럭부스럭 움직이기 시작했다.

공기는 유리처럼 차갑고 먼지 하나 없이 맑았다. 두 시에 벌써 날이 밝았다. 캄차카의 죽 이어진 산봉우리는 금자색으로 빛나며, 바다에서 10센티미터쯤 높이로 지평선을 남쪽으로 길게 달렸다.

작은 파도가 출렁이고, 그 파도 하나하나의 물결은 아침 해를 받아 새벽녘답게 싸늘히 빛났다. 그것이 뒤섞이다 부서지고, 뒤섞이다 부서지곤 했다. 그때마다 반짝반짝 빛났다. 갈매기는 어디 있는지 보이지 않고 그 울음소리만 들려왔다. 상쾌했지만, 추웠다. 화물을 덮어놓은 돛천 덮개가 때때로 펄럭였다. 어느새 바람이 불기 시작했다.

작업복 소매에 손을 집어넣으며 어업노동자가 계단을 올라와 갑판 승강구에서 목을 내밀었다. 그리고 목을 바깥으로 내민 채 째지는 목소리로 외쳤다.

"야, 토끼가 뛰고 있다. 이거 큰 폭풍이 올 것 같은데."

삼각파도가 일고 있었다. 캄차카 바다에 익숙한 어업노동자는 그 전조를 금세 알 수 있었다.

"위험해서, 오늘은 그냥 쉬겠지."

한 시간쯤 지나고 나서였다.

똑딱선을 내리는 윈치 밑에 여기저기 칠팔 명씩 모여 있었다. 똑딱선은 어느 것이든 반쯤 내려진 채로, 내려지는 가운데 흔들리고 있었다. 그들은 어깨를 흔들어가며 서로 말을 주고받고 있었다.

잠시 뒤였다.

"그만 둬, 그만 둬!"

"에이 엿이나 처먹어라."

누가 그렇게 말하기를 다들 기다리고 있었다.

그들은 어깨를 서로 밀면서 이렇게 말했다.

"이봐, 끌어 올려!"

"응."

"응, 응!"

"그래도 어떻게······."

한 명이 찌푸린 표정으로 윈치를 올려다보며 머뭇머뭇했다.

"죽고 싶으면 혼자서 가!"

막 걸어가려던 어업노동자가 자신의 한쪽 어깨를 쭉 치켜세우며 쏘아붙였다.

다들 한데 모여서 걷기 시작했다.

"정말로 괜찮을까."

하고 누군가 나직이 말했다.

두 사람쯤인가 흐리멍덩히 늦었다.

다음 윈치 밑에도 어업노동자들은 작업을 멈추고 서 있었다. 그들은 제2호 똑딱선의 무리가 이쪽으로 걸어오는 모습을 보자 그 의미를 알았다. 네댓 명이 소리 지르며 손을 흔들었다.

"그만 해, 그만 해!"

"응, 그만 해!"

그 두 무리가 합쳐지자 힘이 솟아났다. 어떻게 해야 할지 몰라서 늦어진 두세 사람은, 눈부신 듯 이쪽을 보고 멈춰 섰다. 다들 제5

호 똑딱선이 있는 곳에서 또다시 함께 하나가 되었다. 그 모습을 보자 뒤처진 사람들은 투덜거리며 뒤따르기 시작했다.

"정신 똑바로 차려!"

말더듬이 어업노동자가 뒤돌아보며 큰 소리로 외쳤다.

눈사람처럼 어업노동자들은 그 덩치를 불리며 갈수록 커져갔다. 사람들의 앞쪽과 뒤쪽을 학생과 말더듬이가 왔다 갔다 하면서 쉴 새 없이 뛰어다녔다.

"잘 들어, 무리에서 절대 떨어지지 마! 무엇보다도 그게 중요해. 이젠 괜찮아. 이제는!"

굴뚝 곁에서 빙 둘러앉아 밧줄을 손질하던 선원들이 몸을 일으키며 소리쳤다.

"어떻게 된 거야? 이봐."

다들 그쪽을 향해 손을 흔들며 와와 함성을 내질렀다. 위쪽에서 내려다보는 선원들에게 그것은 숲이 흔들리는 모습처럼 보였다.

"좋아, 자, 작업 따위는 그만두자!"

선원들은 밧줄을 후다닥 정리하기 시작했다.

"기다리고 있었어!"

그 뜻을 어업노동자들은 금세 알 수 있었다. 또다시 와와 함성을 올렸다.

"우선 똥통으로 돌아갑시다. 잔인한 놈이다. 분명히 큰 폭풍이

올 것을 알면서도 배를 내보내려고 하다니, 살인마 같은 놈!"
"저런 놈한테 살해당하다니 참을성 싶으냐!"
"이번에야말로 잘 기억해 둬!"

한 사람도 남기지 않고 다들 통통으로 돌아왔다. 그들 중엔 '하는 수 없어서' 따라온 사람도 있기는 했다.

모두가 우르르 몰려들었기 때문에, 어둑어둑한 곳에서 자고 있던 병자는 깜짝 놀라 나무판자 같은 상반신을 일으켰다. 그 이유를 이야기하자, 병자는 곧 눈에 눈물이 그렁그렁하였고 몇 번이나 고개를 끄덕거렸다.

말더듬이 어업노동자와 학생이 엔진실의 줄사닥다리처럼 생긴 계단을 내려갔다. 서두르기도 했지만 이런 계단에 익숙하지 않아 거듭거듭 발을 헛디디고, 위험해서 손으로 줄을 꽉 움켜잡고 매달렸다. 엔진실 안은 보일러 열기로 숨이 막힐 듯했다. 또 무척 어두컴컴했다. 그들은 금세 온몸이 땀범벅이 되었다. 보일러 위쪽에 난로 아궁이처럼 생긴 곳을 건너, 또다시 계단을 내려갔다. 밑에서 뭐라고 크게 목청을 높여가며 말하는 소리가 시끄럽게 울려 퍼졌다. 지하 수십 미터가 넘는, 지옥 같은 수직 갱도를 처음으로 내려가 보는 듯한 섬뜩함을 느꼈다.

"이것도 고된 일이네."
"그래, 그리고 또 가, 갑판에 끌려나와, 게, 게 다지는 일을 하, 하게 되면 참을 수 없을 거야."

"괜찮아, 보일러공도 우리 편이야!"
"그래 괜찮을 거야."
보일러 한복판을, 계단으로 내려갔다.
"앗 뜨거, 뜨거워 못 참겠어. 인간 훈제가 될 것 같아."
"장난이 아니야. 지금은 불을 피우지 않았는데도 이래. 불을 피우면 어떻겠어?"
"그래, 그렇겠네."
"인도양을 지날 때는 삼십 분마다 교대인데도 비실비실 쓰러진다고 하더군. 자기도 모르게 불평했던 인부가 삽으로 죽도록 얻어맞고, 끝내 보일러 아궁이 속에 던져졌다는 소문도 있어. 정말 무심코라도 불평하고 싶어질 거야!"
"음……."
보일러 앞에는 석탄재가 꺼내져 있었다. 거기에 물이라도 뿌렸는지 먼지가 자욱하게 일어나고 있었다. 그 옆에서 거의 벌거벗은 보일러공들이 담배를 입에 물고 무릎을 끌어안은 채 이야기를 나누고 있었다. 어슴푸레한 어둠 속에서, 그 모습은 마치 고릴라가 웅크리고 있는 것과 똑같아 보였다. 석탄차가 아가리를 반쯤 벌린 채, 싸늘하고 어두컴컴한 그 속을 으스스하게 보여주고 있었다.
"어이."
말더듬이가 말을 걸었다.
"누구야?"

보일러공이 위를 올려다보았다. 그 말소리는 '누구야, 누구야, 누구야' 하고, 세 번쯤 메아리로 돌아왔다.

그곳으로 두 사람이 내려왔다.

"잘못 찾아온 게 아닌가, 길을."

그 단 둘뿐임을 알게 되자 한 보일러공이 크게 외쳤다.

"파업을 일으켰다."

"파업이 어쨌다고?"

"파업, 동맹파업 말이야."

"일을 벌였구나!"

"그렇군. 이대로 불을 팍팍 피워서 하코다테로 돌아가면 어떨까? 재미있을 것 같은데."

말더듬이는 '이런!' 하고 생각했다.

"그러니까 모두 힘을 모아서, 놈들한테 몰려가 말을 해야지."

"아이고."

"아이고가 아니고, 하자니까."

학생이 옆에서 끼어들었다.

"아 그래, 그래 잘못했다. 하자, 하자구."

보일러공이 석탄재로 하얗게 된 머리를 긁었다.

모두 웃었다.

"자네들은 자네들끼리 전부 하나로 모여주면 좋겠어."

"알았어. 이쪽은 괜찮아. 언제라도 한 놈쯤은, 죽도록 패주고 싶다고 생각하는 동료들뿐이야."

 보일러공 쪽은 이걸로 됐다.

 잡일꾼들은 모조리 어업노동자가 있는 곳으로 데리고 들어갔다. 한 시간쯤 지나자 보일러공과 선원도 가세했다. 모두 갑판으로 모였다. '요구 조건'은 말더듬이, 학생, 시바우라, 뻐기지 마가 모여서 정했다. 그것을 다들 보는 앞에서, 놈들에게 들이대기로 했다.

 감독과 그 부하들은 어업노동자들이 소란 피우기 시작하자, 어디론가 숨어서 전혀 모습을 나타내지 않았다.

"이상하다."

"이거 정말 이상해."

"권총을 가지고 있다고 해도, 이렇게 되면 소용없을 거야."

 말더듬이 어업노동자는 조금 높은 곳으로 올라섰다. 다들 박수를 쳤다.

"여러분, 드디어 때가 왔다! 오랫동안 우리는 기다리고 있었다. 어디 두고 보자고 하면서 기다렸던 바로 그때가 드디어 왔다.

 여러분, 무엇보다 첫째로 우리는 힘을 합쳐야 한다. 우리는 무슨 일이 있어도, 동료를 배신하지 말아야 한다. 이것만 확실하게 지키면 저런 놈들을 뭉개버리는 것은, 벌레보다 쉬운 일이다. 그렇다면 둘째는 무엇인가. 여러분, 둘째도 힘을 합쳐야 한다. 낙오자를 단 한 명도 내지 말아야 한다. 한 명의 배신자, 한 명의 내통자도 나와서는 안 된다. 단 한 명의 배신자가, 삼백 명의 목숨을 죽인다는 사실을 알지 않으면 안 된다. 단 한 명의 내통……"
"알았어, 알았어."
"괜찮아."
"걱정하지 말고 싸워줘."
여기저기에서 이렇게들 말했다.
"우리와의 협상을 저놈들이 받아들이고, 우리 요구를 저놈들이 받아들이게 할 수 있는 것은, 모두 여러분의 단결에 달려 있다."
이어서 보일러공 대표가 올라와 섰고, 그 옆으로 선원 대표가 섰다. 보일러공 대표는, 보통 때 한 번도 말한 적도 없는 말을 시작하면서 스스로 어쩔 줄 몰라 했다. 말문이 막힐 때마다 얼굴이 붉어져서, 푸른 작업복의 옷자락을 당겨도 보고 닳아 해어진 구멍에 손을 넣어 보기도 하며 안절부절못했다. 사람들이 그 모습을 보고 갑판을 발로 구르면서 웃어댔다.
"……나는 이제 그만 하겠네. 그러나 여러분 저놈들은 가서 작살을 냅시다."
보일러공 대표는 이렇게 말하고 자리에서 내려왔다.
와 하고 다들 일부러 박수를 크게 쳤다.
"거기만은 좋았다."
하고 뒤쪽에서 누가 놀렸다. 마침내 사람들은 한꺼번에 웃음을 터트렸다.
보일러공 대표는 한여름에 보일러 작업용 긴팔 셔츠를 입었을 때보다도 더 많은 땀을 흘리며, 발걸음조차 조마조마했다. 자리에서 내려왔을 때 그는 동료에게 이렇게 물었다.
"내가 무슨 말을 했지?"
"좋아, 좋았어요."
학생이 그의 어깨를 두드리며 웃었다.
"너 때문이야. 별로라고 했잖아. 나는 없어도 됐는데……."
"여러분, 우리는 오늘이 오기를 기다렸습니다."
그 자리에는 열대여섯 살 잡일꾼이 서 있었다.
"여러분도 알다시피, 우리 친구들이 이 공선 안에서 얼마나 고통을 받고 초죽음이 되었습니까? 밤이 되면 얇은 이불을 덮어쓰고, 집 생각을 하면서 많이 울었습니다. 여기에 모여 있는 잡일꾼들은 잘 들어주십시오. 하룻밤이라도, 울지 않은 사람은 없습니다. 그리고 한 사람이라도, 몸에 생채기가 없는 사람은 없습니다. 이제 이런 일이 사흘쯤 이어지면, 분명히 죽는 사람도 생길 것입니다. 조금이라도 돈 있는 집이라면, 아직도 학교에 가서 천진난만하게 놀 수 있는 나이에, 우리는 이렇게 먼 곳에……."
목소리가 잠기고 말을 더듬었다. 감정을 억누르기라도 한 듯 조용했다.
"그러나 이제는 좋습니다. 괜찮습니다. 어른들이 도와줘서 우리는 너무나 미운 저놈들에게 복수를 할 수 있게 되었습니다."
그 말은 폭풍우 같은 박수를 불러일으켰다. 열심히 손뼉을 치면서 눈가를 두꺼운 손가락 끝으로 슬쩍 훔치는, 중년을 넘긴 어업 노동자도 있었다.

학생과 말더듬이는, 모두의 이름을 적은 서약서를 돌리고 도장을 받으러 다녔다.

학생 둘, 말더듬이, 뻬기지 마, 시바우라, 보일러공 세 사람, 선원 세 사람이 '요구 조항'과 '서약서'를 가지고 선장실로 가기로 했다. 그때 바깥에서는 데모를 하기로 결정했다. 육지의 경우처럼 사는 곳이 여기저기 뿔뿔이 흩어져 있지 않은데다가, 미리미리 잘 준비했기 때문에 일을 순조롭게 진행시킬 수 있었다. 거짓말처럼 일은 착착 진행됐다.

"이상하네, 어째서 코빼기도 안 보이는 거야."

"화가 나서 늘 자랑하던 권총을 쏘아댈지 모른다고 생각했었는데."

삼백 명은 말더듬이의 선창으로 일제히 '파업 만세'를 외쳤다.

"감독 새끼, 이 함성을 듣고 떨고 있을 거다."

학생은 이렇게 말하면서 웃었다.

다들 선장실로 밀고 들어갔다.

감독은 손에 권총을 든 채, 대표를 맞았다.

선장, 잡부장, 공장 대표 등이 확실히 지금껏 뭔가 상의했던 모습으로 맞이했다. 감독은 침착했다.

"일을 저질렀군."

대표들이 들어오자, 감독은 이렇게 말하며 히죽히죽 웃었다.
바깥에선 삼백 명이 한꺼번에 함성을 내지르며 쿵쿵 발을 구르고 있었다.
"시끄러운 놈들이네!"
감독은 낮은 목소리로 말했다. 그러나 그런 소리엔 신경도 안 쓴다는 듯 대표들이 흥분하여 말하는 내용을 다 들은 뒤에, '요구 사항'과 삼백 명의 '서약서'를 형식적으로 대충 훑어보고 나서 맥 빠질 만큼 느릿느릿 말했다.
"후회하지 않겠어?"
"빌어먹을!"
하고 말더듬이가 갑자기 감독의 콧등이라도 후려칠 듯 화를 냈다.
"그래? 좋아. 후회 안 한다고 했다."
감독은 그렇게 말하고 잠시 후 기세를 조금 낮추고 말했다.
"자, 잘 들어, 내일 아침이 되기 전에, 바람직한 대답을 하겠다."
그러나 말하는 것보다 주먹이 빨랐다. 시바우라가 감독의 권총을 떨어뜨리고, 주먹으로 감독의 얼굴을 때렸다. 감독이 깜짝 놀라서 얼굴을 감싸는 순간, 그 곁에서 말더듬이가 버섯처럼 생긴 둥근 의자로 감독의 발을 내리쳤다. 감독은 탁자에 걸려서 어이없이 옆으로 쓰러졌다. 쓰러진 그 몸뚱이 위로 네 개의 다리가 허공 쪽으로 뒤집혀진 탁자가 덮쳐왔다.

"바람직한 대답이라고! 이 새끼 까불지 마! 목숨이 걸린 문제야!"

시바우라는 넓은 어깨를 거칠게 움직였다. 선원과 보일러공, 학생이 그 두 사람을 말렸다. 선장실의 창문이 무시무시한 소리와 함께 깨졌다. 바로 그 순간,

"죽여 버려!"

"패 죽여!"

"때려, 때려죽여 버려!"

밖에서 고함치는 소리가 갑자기 커져서 똑똑히 들려왔다. 어느 틈에 선장과 잡부장, 공장대표가 방구석에 모여서 말뚝처럼 뻣뻣하게 서 있었다.

문을 부수고 어업노동자와 선원, 보일러공이 눈사태라도 난 것처럼 밀고 들어왔다.

정오를 지나 바다는 큰 폭풍우가 일었다. 그것은 저녁 무렵이 되자 조금씩 잠잠해져 갔다.

'감독을 죽도록 패주자!' 그런 일을 어떻게 할 수 있단 말인가, 그렇게 생각했었다. 그런데 자신들의 '손'으로 그 일을 해냈다. 감독은 평소에 위협용으로 가지고 있었던 권총을 쏘지 못했다. 다들 들썩들썩 마냥 신났다. 대표자들은 머리를 맞대고 앞일을 상의했다. '바람직한 대답'이 나오지 않으면, '끝장을 볼 테다!'

이렇게 마음먹었다.

　날이 어두워질 즈음이었다. 갑판 승강구에서 보초를 서던 어업 노동자가 구축함이 다가오는 모습을 보았다. 그는 서둘러서 '똥통'으로 뛰어들었다.

"아뿔싸!"

　학생 하나가 용수철처럼 뛰어 올라왔다. 차츰 얼굴색이 변해 갔다.

"착각하지 마."

　말더듬이가 웃으며 말했다. 그리고 이렇게 덧붙였다.

"여기 우리의 상태와 처지, 그리고 요구 등을 사관들에게 자세히 설명하여 도움을 받으면, 오히려 이 파업은 유리하게 해결할 수 있다. 당연한 거야."

　다른 사람도 '그건 그렇다'고 동의했다.

"우리나라의 군함이다. 우리 국민의 편일 게 분명해."

"아니야, 아니야……."

　학생은 머리를 흔들었다. 상당히 충격을 받은 듯 입술을 부르르 떨었다. 말조차 더듬었다.

"국민의 편이라고? 아니 아니야."

"바보처럼 굴지 마! 국민의 편이 아닌 우리나라 군함이라는, 그런 이치에 안 맞는 일이 어디 있겠어."

"구축함이 왔다!"

"구축함이 왔다!"

모두의 흥분이 학생의 말을 우격다짐으로 깔아뭉갰다. 다들 어디어디 하면서 '똥통'에서 갑판으로 올라섰다. 그리고 한목소리로 난데없이 '우리 군함 만세'를 외쳤다.

뱃전사다리 앞쪽에는 얼굴과 손에 붕대를 감은 감독과 선장이 마주하고, 말더듬이, 시바우라, 빼기지 마, 학생, 선원, 보일러공 등이 서 있었다. 어두워서 잘 보이지 않았다. 구축함에서 작은 함선 세 척이 나와서 본선 옆으로 붙었다. 첫 번째 함선엔 열대여섯 명쯤 수병이 가득 타고 있었다. 그들이 한꺼번에 뱃전사다리를 올라왔다.

아! 착검을 하고 있지 않은가! 게다가 모자의 끈을 턱에 걸고 있지 않은가!

'당했다!'

말더듬이는 마음속으로 이렇게 외쳤다.

두 번째 함선에도 열대여섯 명. 그 다음 함선에도, 또한 총 끝에 착검을 하고 턱끈을 맨 수병이 있었다. 그들은 해적선에라도 뛰어들듯이, 우르르 올라오자 어업노동자와 선원, 보일러공을 둘러쌌다.

"당했다! 젠장 우리가 당했다!"

시바우라도, 선원과 보일러공의 대표도 비로소 부르짖었다.

"저 꼬락서니를 봐라!"

감독이었다. 파업이 일어났을 때부터 감독이 보였던 이상야릇한 태도가 이제야 이해되었다. 그러나 이미 늦었다.

죄가 '있고 없고'를 따지지도 않았다. '개망나니', '불충한 놈', '로스케를 흉내 내는 매국노'라고 매도당하여, 대표 아홉 사람은 총칼의 위협 아래 구축함으로 호송되고 말았다. 그 모습을 다들 영문도 모른 채 멍하니 지켜봤다. 순식간에 벌어진 일이었다. 그것은 완전히 죄의 유무를 막론한 일이었다. 신문지 낱장이 불태워지는 걸 바라보는 일보다 하잘것 없었다.

간단히 상황은 정리되고 말았다.

"우리에겐, 우리 말고는, 같은 편이 없어. 이제야 알았다."

"우리 군함 좋아하네, 허풍이나 떠는 부자들의 앞잡이잖아. 국민들과 한편? 웃기고 자빠졌네, 엿이나 먹어라!"

수병들은 만일의 사태를 대비하여 사흘 동안 본선에 머물렀다. 그사이 상관들은 매일 밤 객실에서 감독을 비롯한 몇몇과 함께 취해 있었다.

'원래 그런 법이다.'

아무리 어업노동자들이라고 해도 지금이야말로 '누가 적'인가를, 그리고 그 적들이 전혀 뜻밖이긴 하지만 어떤 식으로 서로 연결되어 있는가를 몸소 알게 되었다.

해마다 어기漁期가 끝나면 천황에게 바치는 게통조림 '헌상품'을 만드는 게 관례였다. 그러나 터무니없지만, 늘 특별히 '목욕재계'를 하고 만드는 것은 아니었다. 그때마다 어업노동자들은 감독이 너무 심한 일을 시킨다고 생각해왔다. 하지만 올해는 예년과는 상황이 달라졌다.
"우리의 진짜 피와 살을 짜서 만든 거다. 흥, 아마 맛있을 거다. 먹고 나서 복통이나 나지 않으면 좋겠지만."
"돌멩이라도 넣어버려! 상관없어!"

'우리에겐, 우리 말고는 같은 편이 없다.'
이 말은 지금에 와서 모두의 마음속에, 깊이, 아주 깊이 파고들고 있었다.
'어디 두고 보자!'
그러나 두고 보자고 아무리 수없이 되씹는다고 해도 어떻게 되지는 않았다. 파업이 처참하게 깨지고 나서, 작업은 상상도 못할 만큼 가혹해졌다. 그것은 지금까지의 가혹함에 감독의 복수가 더해진 가혹함이었다. 한계라고는 하지만 그 한계를 훨씬 넘어선, 가장 극단적인 상황으로 넘어가고 있었다. 이제는 더 이상 견딜 수 없는 지경까지 와버렸다.
"우리가 틀렸었어. 저렇게 아홉이면 아홉 사람 모두 넘겨주는 게 아니었어. 이건 마치 우리의 급소가 여기다 하고 알려주는 꼴이지 않은가. 우리 모두, 모두가 하나라는 식으로 행동해야만 했어. 그랬으면 감독이라고 해도 구축함에 무전을 치지 않았을 거야. 설마 우리를 모조리 넘겨버릴 순 없었을 거야. 작업을 시킬 수 없었을 테니까."

"그러네."

"그렇다니까. 이번에야말로 이대로 내내 작업하면 우리 모두 죽고 말 거야. 희생자가 나지 않도록 모두 함께 태업을 하는 거야. 요전에 했던, 그 같은 방법으로. 말더듬이가 말했잖아. 무엇보다도 힘을 합해야 한다고. 게다가 힘을 합하면 어떤 일을 할 수 있는가도 알고 있잖아."

"그래도 만약에 구축함을 부르면, 다들 그때야말로 힘을 합해서 한 사람도 빼놓지 말고 싹다 잡혀 가자. 그렇게 하는 게 오히려 살 수 있는 방법이야."

"그렇지도 몰라. 그러나 생각해보면, 그런 일이 벌어지면 감독이 제일 당황할 거야, 회사의 자기 체면상. 우리를 대신할 사람들을 하코다테에서 불러오기엔 너무 늦고, 생산량도 말도 안 되게 적고 말야. ……잘하면 이거야말로 의외로 괜찮겠어."

"괜찮을 거야. 게다가 다들 이상하리만치 무서워하지 않아. 모두 무척 화가 나 있는 듯해."

"사실을 말하면, 성공하느냐 못하느냐 그런 장래의 가망성 따윈 아무래도 좋아. 왜냐하면 이건 죽느냐, 사느냐 하는 문제이기 때문이야."

"응 그래, 다시 한 번 더!"

그리고 그들은 들고 일어섰다. 다시 한 번 더!

〈덧붙이는 말〉

그 뒷일에 대해 두세 가지 덧붙여야겠다.

하나, 두 번째의 완전한 '태업'은, 완벽하게 성공했다는 것. '설마' 하고 방심했던 감독은 당황하여 정신없이 무전실로 뛰어갔지만, 문 앞에서 꼼짝 못하고 서서, 어쩔 줄 몰라 했다는 것.

둘, 여기가 끝나고, 하코다테로 돌아갔을 때 태업을 하거나 파업을 했던 배는 핫쓰코호뿐이 아니었다는 것. 두세 척의 배에서 '불온 선전'의 작은 책자가 나왔다는 것.

셋, 그로부터 감독과 잡부장 등은, 여기 중에 파업 같은 불상사를 불러일으켜서 생산량에 막대한 영향을 끼쳤다는 이유로, 회사로부터 저 충실한 개는 '무자비'하게 땡전 한 푼 없이 해고당하고 말았다는 것— 어업노동자들보다 더욱 비참하게도! 재미있는 일은, "아아 분하다! 내가 지금껏, 젠장, 속고 있었다!" 하고 감독이 절규했었다는 것.

넷, 그리고, '조직', '투쟁'이라는, 이 위대한 경험을 처음으로 알게 된 어업노동자와 젊은 잡일꾼들이 경찰서의 문을 나서자, 다양한 노동 계층 속으로 각각 파고들게 되었다는 것.

  이 한 편의 글은 '식민지에 있어서 자본주의 침입사'의 한 페이지이다.

(1929년 3월 30일)

고바야시 다키지와 〈게 공선〉의 작품 세계

양희진

1. 고바야시 다키지 小林多喜二

일본프롤레타리아문학 중에서도, 그는 드물게 국제적으로 유명하고 걸출한 작가이다. 그의 동지이자 민주주의 문학운동의 선두에 섰던, 작가 미야모토 유리코(宮本百合子 1899~1951)의 말마따나, 고바야시 다키지는 '노동계급의 생활 속에 뿌리를 내리고, 노동계급의 고통과, 그 고통의 사회적 원인을 파헤치는 데 노력했던' 작가이다.

그는 1928년 3월 15일 치안유지법 위반을 이유로 전국적인 일제 검거와 탄압의 3.15사건을 소재로 한 작품 〈1928년 3월 15일〉을 1928년 '전일본무산자예술연맹(NAPF, 全日本無産者芸術連盟)'의 기관지 '전기戰旗'에 발표하면서 그 이름이 알려

---

*宮本百合子,「同士小林多喜二の業績—作品を中心として—」,「大衆の友」号外、1933年 3月 10日、참고는「定本小林多喜二全集」15巻、1968年. 3~5p. 이후 전집에서의 인용과 참조는 『定本小林多喜二全集』로 표기.

졌다.

〈1928년 3월 15일〉은 반동계급의 야만적인 백색테러를 폭로하면서, 혁명적인 노동자가 지닌 불굴의 정신과 그 가족들의 다양한 모습을 담은 작품이다.

이처럼 고바야시에게 소설을 쓰는 일은, 사회를 변혁하고자 하는 기대와 그 실천을 위한 작업이었다. 앞서 미야모토가 말한 바처럼, 그는 이 작품을 기점으로 '인도주의자에서 마르크스주의자'로 등장하게 되며, 이와 동시에 계급투쟁의 실천과 조합운동, NAPE 활동을 하게 된다.

〈1928년 3월 15일〉 이후, 고바야시는 일본 자본주의가 어떻게 민중을 착취하고 인권을 유린하는지, 또 일본 해군은 거기에 어떻게 일조하는지, 그 참상을 노동자의 처지에서 그린 작품 〈게공선〉을 1929년에 발표한다.

이처럼 사회 변혁을 위한 고바야시의 일관된 작품 활동과 그 실천의 원동력은, 그의 출신 배경과 무관하지 않다. 구라하라 고레히토藏原惟人가 지적한 대로, 빈농 가정에서 태어나 농민과 노동자 속에서 자라고 생활한 경험이, 그로 하여금 끝까지 자신의 신념을 지키게 한 '강인한 서민성'과 '노동자 정신'을 키워

---

*藏原惟人,「小林多喜二の現代的意義」,「文芸前衛」第2号, 1948年 11月. 참조는 『小林多喜二・宮本百合子論』, 新日本新書, 1990年 7~19p

주었다.

    빈민 출신의 지식인이 나중엔 그 자신의 출신계급에서 멀어지거나, 그 자신의 이익을 위해 출신계급을 배신하고 지배계급에게 봉사하는 경우가 결코 드물지 않음을 볼 때, 고바야시의 존재는 유달리 돋보인다. 그는 철저히 노동자와 같은 처지에서 자신의 학문과 재능을 활용했다.

    고바야시는 1933년 2월 20일 도쿄 쓰키지 경찰서築地署에서 스물아홉 살의 짧은 생애를 마감했다. 경찰의 가혹한 고문 때문이었다. 그는 죽기 전까지 정력적으로, 시대와 무산계급의 문제, 그리고 자기 자신의 과제를 반영하면서 일본프롤레타리아 문학 속에서도 그 예를 찾아보기 힘든 수작들을 남겼다.

2. 〈게 공선〉

    이 작품은 고바야시 다키지가 1928년 10월 28일 기고하여, 다음해인 1929년 3월 10일에 완성했다. 〈게 공선〉은 '전일본무산자예술연맹(NAPF, 全日本無産者芸術連盟)'의 기관지 '전기戰旗'에 1929년 5월, 6월호에 발표되지만, 6월호는 당국에 의해 발매금지를 당한다. 그러나 '전기' 5월과 6월호는 각각 1만 2천부씩 발행되어, 직접 배포망을 통해서 사람들에게 읽혀졌다. 그리고 전 작품인

〈1928년 3월 15일〉 이상의 반향과 평가를 받았다. 이후 같은 해 9월부터 약 반년 동안 '전기사戰旗社'에서 세 권의 단행본이 출판되는데, 이 단행본들의 총 발행부수는 3만 5천부에 달했다.

이 소설은 선상에서의 어업노동자 학대사건을 다룬다. 〈게공선〉은 실제로 사회적 문제가 되었던, 1926년 9월에 일어난 '하쿠아이호博愛丸' 사건 등을 소재로 해서 씌어졌다. 고바야시는 오타루고등상업학교의 친구(乘富通夫, 1903~1934)한테 도움을 받아가며, 게 공선과 북양어업의 경제적 조사를 했다. 어업노동자 학대사건을 보도한 신문기사는, 선상의 노동과정과 그 참혹한 고통에 대해선 언급하지 않았지만 고바야시는 그 부분을 문학적 상상력과 면밀한 현장조사로써 생생히 묘사했다. 그렇다면 고바야시는, 이 〈게 공선〉에 어떤 서술 의도를 가지고 작업에 임했을까. 이 점에 대해서는 고바야시가 1929년 3월 31일 구라하라 고레히토에게 보낸 편지에 자세히 씌어 있다. 모두 7개 항목으로 꼼꼼하게 자신의 저술 의도를 정리해 보낸 편지에서, 그는 구라하라에게 이 작품에 대한 조언과 '전기'에 발표할 수 있는지를 물어보고 있다.

고바야시의 저술 의도를 간단히 정리해 보면 대략 다음과 같

---

*『定本小林多喜二全集』第4卷 해제 211~222p

**倉田稔, 「『蟹工船』」, 「解釈と鑑賞」70-2号, 2005年 2月, 43~46p

다.

  1. 이 작품에서는 주인공이라는 개인이 없고, 노동의 '집단'이 주인공이다.
  2. '1928년 3월 15일' 등에서 실험한 바처럼 각 개인의 성격과 심리를 없앴다.
  3. 프롤레타리아예술의 대중화를 위해서 여러 가지 형식상의 노력을 한다는 것과, 작품이 전체적으로 노동자풍이어야 한다.
  4. 〈게 공선〉이라는 특수한 노동형태를 다룸으로써, 식민지와 미개척지에 대한 착취의 전형과 그것의 국제적인 군사, 경제관계를 확실하게 보여준다.
  5. 이 작품에서는 미조직 노동자를 다룬다.
  6. 노동자를 미조직인 상태로 조직하지 못하게 놓아두려고 하는 자본주의가, 오히려 자연발생적으로 노동자를 뭉치고 조직하게 만든다는 사실을 보여준다.
  7. 프롤레타리아는 제국주의 전쟁을 절대로 반대해야 한다는 것.

이상과 같은 고바야시의 저술 의도로써 완성된 〈게 공선〉은 당시의 평론가들 사이에서도 비교적 높은 평가를 받았다.
구라하라 고레히토는 1929년 6월 17일~21일 '도쿄아사히 신문

---

*『定本小林多喜二全集』第14卷 49~52p

東京朝日新聞에, '작품과 비평'이라는 제목의 비평에서 〈게 공선〉을 '식민지에서 벌어지는 모든 부정과 포학을 폭로한 작품으로, 그것은 일본 부르주아문학에서 시마자키 토손(島崎藤村, 1872~1943)의 〈파계(破戒)〉를 제외하고, 사회적 문제를 다룬 '객관적인 예술의 형상 속에 그려진' 예외적인 작품이라고 높이 평가했다.

그러나 구라하라는 이 작품이 전적으로 완벽한 작품이라고 보지는 않았다. 고바야시는 〈게 공선〉에서 집단을 너무 강조해서 표현하려고 한 나머지, 개인이 집단 속에 매몰되어버린 경향이 있다고 했다. 구라하라는 전작인 〈1928년 3월 15일〉의 비평에서 '전위적인 개인'이 그려져 있기는 하지만, '대중적인 집단'이 그려져 있지 않다고 했었다. 그러나 〈게 공선〉은 그와 반대로 '집단표현'을 강조한 나머지 개인의 역할을 부정했다고 했다.

따라서 구라하라의 생각으로는, 프롤레타리아작가란 집단을 표현하기 위해서 개인을 완전히 매몰해서는 안 되며, '집단 속의 개인'이라는 문제의식을 가지고, 각 계급과 계층의 대표자로서 개인의 성격과 심리를 그려야 한다고 봤다.

히라바야시 하쓰노스케(平林初之輔, 1892~1931)도 비슷한 시기의 '도쿄아사히신문'의 1929년 5월 7일의 문예시평에서, '일본의 싱클레어 ― 고바야시 군의 〈게 공선〉―'이라는 제목으로, 이 작품이 〈1928년

---

*참고는 蔵原惟人, 『小林多喜二・宮本百合子論』 23~26p

3월 15일〉보다 진보했으며, 국제적인 규모로 프롤레타리아의 모습을 그리고, 오호츠크 해의 공선에서 학대당하는 노동자와 본사 빌딩의 회사 중역을 그 같은 선상에서 파악했다고 평가했다.

가쓰모토 세이치로(勝本清一郎, 1899~1967)도 '신초新潮' 1929년 7월호에 '〈게 공선〉의 승리'에서 다른 비평가와 마찬가지로 '집단묘사'를 높이 평가하며, 특히 게 공선이라는 소재를 게 공선만의 세계가 아닌, 일본 자본주의의 모든 사회구조와 연결해서 그렸다고 하는 점을 중요한 특징으로 꼽았다. 당시의 제국주의적 단계에 있어 국제자본주의 전쟁의 본질적인 의미와, 일본 부르주아와 프롤레타리아가 놓여 있는 국제적인 경제관계를 잘 이해하고 다뤘다고 평했다.

〈게 공선〉 발표 당시의 비평에서도 알 수 있듯이, 이 작품의 많은 특징들 가운데, 그중에서도 특히 대부분의 비평가와 연구자들이 공감하는 부분은 크게 두 가지로 나눌 수 있다. 우선 그 첫째가 '집단묘사'이다. 처음 이 작품을 읽다보면 느껴지는 어떤 낯섦 혹은 당혹감은, 무엇보다도 이 '집단묘사'라고 하는 소설기법에서 비롯된다. 〈게 공선〉에서의 이 소설기법에 대해, 구라하라는 각 계급과 계층의 대표자로서 개인의 성격과 심리를 표현하려고 한, 저자의 의도가 확실하지 않은 부분이 있다고 지적하며

---

*참고는 「定本小林多喜二全集」 第15卷 67~70p

아쉬움을 말한다. 그러나 이런 결점에도 불구하고, 필자는 〈게 공선〉이라는 선상船上 공간에서 저질러지는 자본주의의 비인간적 착취에 대항하는 수단으로써의 '집단', 그것에 대한 고바야시의 굳은 신념은, 이 '집단묘사' 말고는 달리 적절한 표현 방법을 찾지 못한 것으로 보인다.

두 번째는, 작품 구성에 대한 의도적인 전략을 들 수 있다. 곧, 천황제 권력과 한통속이 된 일본해군, 어업자본가를 한편으로, 그리고 그 반대편에는 지옥 같은 '게 공선'밖에는 갈 곳이 없어서 참혹하게 착취당하며 죽어가는, 노동계급을 대표하는 잡일꾼과 어업노동자를 세워서, 이 대립 구조를 통하여 자본주의적 착취가 어떻게 지배 권력에 의해서 이뤄지는가를 보여주었다는 점이다. 이처럼 〈게 공선〉의 작품 구성 전략은, 당시의 비인간적이고 참혹한 착취구조가 어디로부터 연유한 것인지, 그리고 그 대안은 무엇인지를 단순하면서도 명쾌하게 보여준다.

그러나 이 작품의 참다운 의의는, 〈게 공선〉이 발표된 그 당시의 일본과 국제사회에 존재하는 권력 관계를 폭로했다는 점에도, 그저 일본프롤레타리아문학의 문학사적 의미를 가진다는 사실에도 있지 않다. 오히려 〈게 공선〉에서 보여준 그 당시의 권력 관계가, 아직도 현재진행형으로 여전히 현실에서 그 힘을 휘두르고 있다는 진실을 우리에게 일깨워주는 데 있다.

"어이, 지옥으로 가는 거야!"

작품 첫머리에 나오는 이 말은 '게 공선'의 작품세계를 암시한다. 또한 현대판 '게 공선'의 현실세계에도 똑같이 적용된다고 하면 지나친 과장일까. 아무튼 해답은 작품 속에 이미 나와 있다.

3. 고바야시 다키지 연보

다음은 고바야시 다키지의 짧은 생애를 연대별로 간략히 정리해 보았다. 이 연보를 따라가 보면, 이 작가가 어떤 인물이었는지 보다 객관적으로 살펴볼 수 있다.

고바야시 다키지는 1903년 10월 13일에, 아키타현, 지금의 아키타현 오다테시에서 가난한 농부의 둘째 아들로 태어났다. 일본 나이는 출생한 해로부터 만 일 년이 되어야 한 살로 치는데, 고바야시가 태어난 그 해 아버지인 스에마쓰의 나이가 38세, 어머니인 세키는 30세였다. 그 당시로는 상당히 늦은 출산이었다.

1907년_(4세) 소학교를 졸업하면, 오타루에서 상급학교에 진학시키겠다는 큰아버지 게이기慶義의 권유로, 큰아버지에게 보냈던

---

*고바야시 다키지의 약력은『日本近代文学大事典』, 講談社, 1976年, 手塚英孝,『小林多喜二』, 新日本出版社, 1963年, 倉田稔,『小林多喜二伝』, 論創社, 2003年을 참고해서 작성했다.

장남이 급성복막염으로 10월 5일 오타루의 게이기 집에서 죽는다. 고바야시의 부모는 농사만으론 한 가족을 먹여 살릴 수 없었다. 아버지는 철도시설 공사의 일용직 노동을 하기도 했지만, 소작료와 빚을 감당하지 못했다. 그래서 12월 고바야시 가족은 생계를 위해서, 그리고 아버지 스에마쓰의 심장병 때문에, 큰아버지의 도움을 받아 홋카이도의 오타루로 이주한다. 그곳으로 옮긴 고바야시의 가족은, 당시 항구축조 매립공사의 현장이었던 와카타케초若竹町에서 큰아버지 빵가게의 지점을 열게 된다.

1916년_(13세) 고바야시는 큰아버지 덕에 오타루상업학교廳立小樽商業學校에 입학한다. 그는 통학을 위해 신토미초新富町의 백부 집에 더부살이를 하며, 또 빵공장의 일을 거들면서 학교에 다닌다. 13살 때부터 수채화를 그렸던 그는, 그 다음해에 교우회지校友會誌의 편집부원이 되면서 단가短歌, 시, 소품 등을 썼다.

1917년_(14세) 고바야시는 회람문집回覽文集 '소묘素描'를 발행. '중앙문학中央文學', '문장세계文章世界' 등에 시를 투고한다. 이 무렵 그는 큰아버지 게이기의 반대로 그림을 그만뒀다. 그러나 이 일이 계기가 되어, 그의 문학에 대한 열정은 더욱 깊어졌다.

1921년_(18세) 고바야시는 다시 큰아버지의 도움으로 오타루

고등상업학교에 입학을 하게 되며, 비로소 백부 집을 나와서 와카타케초 18번지의 자택에서 통학하게 되었다. 가을부터는 시라카바파(白樺派)에 속하는, 인도주의를 표방하는 시가 나오야(志賀直哉 1883~1971)의 문학을 배우기 시작했다.

1922년_(19세) 4월에 고바야시는 고등상업학교 교우회지의 편집위원에 선출되며, 단편소설 '류스케와 거지(龍介と乞食)'가 '소설클럽'(3월)에, '겐(健)'이 '신흥문학(新興文學)'(1월), '귀성(歸入)'이 '신흥문학'(7월)에 입선한다.

1924년_(21세) 3월 9일 오타루고등상업학교를 졸업한 고바야시는, 3월 10일부터 홋카이도 척식은행(拓殖銀行)에 취직한다. 삿포로(札幌) 본점에서 근무한 후, 오타루 지점으로 전근해서 계산원으로 일하다 두 달쯤 뒤에 외환계로 자리를 옮긴다. 이 해 4월에 '소묘'의 동료들을 주축으로 해서 동인잡지 '클라르테(クラルテ)'를 창간한다. 이즈음 가난 때문에 부친에 의해 팔려져서 비참한 처지로 있던, 미모의 여인 다구치 타키(田口タキ)를 알게 된다.

고바야시의 초기 단편들, 예를 들면 '어떤 역할(ある役割 1924)', '류스케의 경험(龍介の經驗 1925)' 등은 학창시절과 연애를 주제로 한 글들이지만, 가난하고 박해받는 사람들의 고통에 공감하고 정의

감을 드러낸 작품들도 많았다. 그는 스트린드베리와 도스토예프스키, 체호프 등을 읽고, 시가 나오야(志賀直哉 1883~1971)의 문학을 배웠지만 시라카바파의 인도주의에는 비판적이었다. 왜냐하면 그것은 어떤 의미에선 상류계급이 가난한 사람들에게 베푸는 동정에 지나지 않았기 때문이었다. 그는 '인간적 고뇌의 사회적 근원'을 추구하며 '비판적인 현실주의'로 나아간다.

1926년_(23세) 1925년 '클라르테' 4집에 이어, '클라르테' 5집을 발행한다. 전년도 12월에 불행한 처지에 놓였던 타키를 구해낸 고바야시는, 이 해 4월말에 와카타케초의 자택에 타키를 같이 살게 한다. 이즈음 고바야시는 일본프롤레타리아문학의 초기에 활동한 하야마 요시키(葉山嘉樹 1894~1945)와 고리키 등의 작품을 통해, 프롤레타리아 작가로서 자각하기 시작한다.

1927년_(24세) 이때부터 사회과학을 공부하면서 프롤레타리아문예운동에 참여했고, 오타루 노동운동과 관계를 가진다. 이 무렵 그는 '사회변혁과 결합한 자기변혁의 길'을 모색한다.

1928년_(25세) 일본은 제1회 보통선거를 실시했지만, 사회주의적인 정당들의 활동에 위기를 느낀 일본정부는, 3월 15일 치안유지법 위반 혐의로 전국적인 일제 검거를 벌였다. 이때 당시에는 아직

비합법이었던 일본공산당과 노동농민당 등 관계자 약 1600명이 검거당하고, 탄압을 받는 사건이 일어났다. 오타루에선 두 달에 걸쳐 500명쯤이 체포당했으며, 고바야시의 동지들도 몇 명 검거되었다. '3.15 사건'이 있은 직후, '전일본무산자예술연맹(NAPF, 全日本無産者芸術連盟)'이 결성되었다.

 5월 중순 열흘간의 일정으로 도쿄에 상경한 고바야시는 구라하라 고레히토(藏原惟人 1902~1991)를 만난다. 이후에 그는 구라하라에게서 이론적인 영향을 받으며 동지로서 함께한다. '당생활자'에 등장하는 '수염'은 구라하라를 모델로 했다. 오타루의 3.15 사건을 소재로 한 '1928년 3월 15일'을 NAPF의 기관지 '전기戰旗'(11, 12월)에 발표하며, 이 작품으로 고바야시는 사람들에게 널리 이름이 알려진다.

 1929년_(26세) 2월 10일에 고바야시는 NAPF를 개조하고 창립한 '일본프롤레타리아작가동맹(日本プロレタリア作家同盟)'의 중앙위원으로 선출된다. '전기' 5월호와 6월호에 〈게 공선〉이 실리지만 6월호는 발매금지를 당했다. 〈게 공선〉은 〈1928년 3월 15일〉을 웃도는 반향과 평가를 받는다. 〈게 공선〉과 〈1928년 3월 15일〉은 '국제혁명작가동맹'의 기관지 '세계혁명문학'에 번역 게재되어 고바야시는 국제적으로도 유명해진다. 이소노磯野에서 일어난 소작쟁의를 소재로 한 〈부재지주不在地主〉를 '주오고론中央公論' 11월

호에 발표하지만, 이 작품으로 고바야시는 5년 8개월 동안 일해 왔던 은행에서 해고당한다.

 1930년_(27세) 3월 말에 도쿄로 상경한 고바야시는, 근대적인 공장에서의 공산당 조직 활동과, 경제공황으로 인한 산업합리화에 대한 투쟁을 그린 〈공장세포工場細胞〉를 '가이조改造' 4, 5, 6월호에 발표한다. 그는 5월 중순 '전기' 방위 순회공연을 위해 교토에 가지만, 5월 23일 공산당의 재정 원조 사건으로 오사카에서 검거 당한다. 6월 7일 일단 석방되어 도쿄로 돌아오지만, 6월 24일 다시 검거되어 7월 19일 〈게 공선〉으로 불경죄를 범했다고 기소를 당한다. 8월 21일 치안유지법에 따라 기소, 도요타마豊多摩 형무소에 갇힌다.

 1931년_(28세) 1월 22일 고바야시는 보석으로 출옥한 후, 3월경 그의 생활과 문학의 동력이었던 타키와의 결혼을 단념하게 된다. 〈공장세포〉의 속편인 〈오르그オルグ〉를 '가이조' 5월호에, 스스로 체험한 옥중생활을 바탕으로 쓴 〈독방獨房〉을 '주오고론' 7월호에 각각 발표한다. 7월 8일 작가동맹 제4회 임시대회에서 중앙위원, 7월 11일 작가동맹 제1회 집행위원회 상임 중앙위원, 그리고 서기장에 선출된다. 10월에는 당시 비합법인 공산당에 입당하여 당원으로서, '일본프롤레타리아문화연맹'(KOPF, 日本プロレタリア文化連盟)

결성에 참여하고 집필 활동을 계속한다. KOPF가 결성된 직후인 11월초, 고바야시는 본격적인 비합법 지하활동에 들어가기 전에, 그의 문학 인생에서 하야마 요시키와 함께 커다란 영향을 주었고, 그의 일생에 단 한 번의 방문으로 끝나게 될, 시가 나오야를 방문한다.

1932년_(29세) 3월 말경부터 고바야시는 정부의 문화단체에 대한 탄압을 피해 지하활동에 들어간다. 4월 하순경에 고바야시는 이토 후지코伊藤ふじ子와 같이 살게 되며, 6월에 문화단체의 당 그룹 책임자가 된다.

1933년_(30세) 2월 20일 정오를 지나 고바야시는 이마무라 쓰네오今村恒夫 1908-1936)와 함께, 아카사카赤坂의 한 음식점에서 미후네 도메키치三船留吉를 기다리다 체포된다. 스파이였던 미후네의 밀고 때문이었다. 고바야시는 쓰키지 경찰서築地署에서 살의를 품은 3시간 이상의 잔혹한 고문으로 살해당한다. 로맹 롤랑, 루쉰魯迅을 비롯해 진보적인 문학자와 단체들의 추도와 항의가 거세게 일어났다. 고바야시의 장례는 3월 15일 쓰키지 소극장에서 노동자농민장으로 치러졌다. 고바야시의 사후, 홋카이도의 혁명적 노동자의 투쟁을 그린 〈지구 사람들地区の人々〉이 '가이조' 3월호에, 고바야시의 지하생활을 바탕으로 한 〈당생활자党生活者〉가 '주오고론'의 4, 5월호에 실린다.

역자 후기

번역 작업을 하는 동안,
고바야시의 사진을 늘 곁에 두었다

　최종 원고를 넘기고 나서 후기를 쓸 때쯤이면, 오역을 하지 않았는지, 번역에 실수는 없었는지, 텍스트 해석에 문제는 없었는지, 늘 불안에 시달린다. 이번 번역 작업은 필자에게 두 가지 뜻 깊은 의미를 지닌다.

　먼저, 이번 일은 '즐거운 고통'이었다. 오랜 유학생활 탓에 찌들 대로 찌든 피로와 권태로 한동안 삶의 의욕을 잃고 있었던 필자에게 '게 공선' 번역일은 매서운 회초리가 되었다. 가난한 고학의 지루한 고통을, 종아리 살이 찢어지는 고통으로 잊었다고나 할까. 아, 이열치열의 시원함! 고추장에 청양고추를 찍어 먹는 한국 사람은 알리라. 이 '즐거운 고통'에서 오는 '시원함'으로 또다시 학업에 매진할 수 있는 힘을 얻었다.

　그리고 소설 '게 공선'은 필자가 못 본 척했던, 아니, 어떤 의미에선 일부러 애써 눈길을 돌려버린, 자기 자신의 사회적 위치에 대한 각성을 일깨웠다. IMF 직후, 한국에선 도저히 살 수 없을 듯해서, 빈 몸뚱이 하나 믿고 무모하게 일본 유학길에서 인생의 돌파구를 찾아 나섰던 필자에게 고바야시 다키지는 '넌 누구냐'고 말없이 캐묻곤 했다. 그때마다 필자는 알 수 없는 부끄러움에 온몸의 피가 뜨거워지곤 했다. 번역 작업을 하는 동안, 필자는 고바야시의 사진을 늘 곁에 두고 가끔씩 그를 쳐다보곤 했다. 내 몸이 힘들고 내 정신이 느슨해지는 걸 어떻게 알았는지 고바야시는 그때마다 어김없이 무표정한 눈길을 필자에게 보냈다…….

이번 번역은 사랑하고 아끼는 후배인 문파랑 대표의 부탁으로 맡게 됐다. 좋은 작품을 이렇게 출판할 수 있어서 그에게 고마움을 전한다. 번역의 온전한 틀과 맥락은 역자의 몫이지만, 한 편의 원고가 좀 더 친근하고 편안하게 독자에게 다가갈 수 있도록 문장을 다듬는 일도 그 책임이 막중하다. 그런 뜻에서 필자와 편집부의 공동 작업으로 이 책은 완성됐다. 한여름 무더위에도 아랑곳없이 애써준 편집부에게도 감사드린다.